JN240826

天造の地

小笠原晃紀
Kohki Ogasawara

秋田文化出版

目次

天造の地

登場人物

象潟大地震は文化元年（一八〇四）六月四日に発生。天明の大飢饉の一七年後。倹約を奨励した寛政の改革が行き詰まった一一年後である。幕政が期待できない中、諸藩は新田開発と自立化を急いでいた。

【蚶満寺側】

覚林　羽後国象潟・蚶満寺二四世住職。俗名は勘助。

楠　長十郎　覚林の弟子で用心棒。剣の達人。毛むくじゃら。

那波九郎佐衛門　京の両替商。全国の豪商と人脈を形成。

桐の女房　閑院宮家・家司。またの名を田中有道。

純　聴　江戸上野・寛永寺・尼僧。

田中有義　桐の女房の息子。

嬢ちゃん　那波九郎佐衛門の孫娘。

【本荘藩側】

内本市九郎　羽後国本荘藩江戸家老・城代家老。

関根豪ノ助　本荘藩士。内本市九郎の子飼い。

六郷政速　本荘藩第七代藩主。新田開墾工事を決定。

六郷政純　本荘藩第八代藩主。

六郷大学　藩主の親戚筋。江戸家老。

天造の地　目次

一、大切な宝物

京は初めてなのに、覚林（かくりん）は小川二条上ル（おがわにじょうあがる）の通りを迷いなく歩いてゆく。

毛むくじゃらの男は両側の店先に鼻を突っこんでは目をむいたりする。

文化九年（一八一二）の春、三月二〇日のことである。

「これへ入るぞ」

覚林はふり向いて店に入ってしまった。両替商・那波屋（なばや）と書いてある。

あわてるふうもなく、少し遅れて毛むくじゃらが入ってゆくと「こちらでございます」と手代が案内する。広く長い黒びかりした廊下を踏んだ。

右に一度、左に一度、また右に一度折れて座敷に通された。

「こちらに座りなさい」

覚林のうしろにあぐらをかくと、でっぷりと肥えた老人がこちらに笑顔を向けていた。

「弟子の楠長十郎にございます」

「ほう、お弟子さんですか」

「弟子になるが髷は落とさぬ。食わせてもらう替わりに用心棒になると」

「お侍さんのままお弟子になりはったわけですな」

「地震から一年後、ふいに現れて住みついた二八歳の小坊主です」

笑って話す背中で楠長十郎はもう退屈して、顔のヒゲをボリボリと掻いている。

「地震から八年です」

「はぁ、もうそんなに」

「那波様ご一行が象潟を訪れてからは一〇年。私も三八歳になりました」

「その節は象潟の皆様にようしていただいて、ほんまにありがとうございました。おかげで楽しい〝おくの細道〟となりました」

「俳句は今でもお続けですか？」

「はい。下手の横好き。お師匠様の足元にもおよびません」

「松尾芭蕉もよいお弟子を持たれました」

「手前が勝手に言うてるだけ。芭蕉さんは百年も前に亡くなってますよって」

那波九郎左衛門という名の老人は、それまでの笑みをひっこめると懐から手紙を取り出して畳の上に置いた。

「この手紙のあとは何かお変わりは？」

「ありません」

「鳥海山を奥屏風にした象潟の九十九島、八十八潟が今でも目に浮かびますなぁ」

翌日、覚林と楠長十郎は那波九郎左衛門の先導で烏丸通りにある閑院宮邸に入った。

道すがら『閑院宮様は天皇さんのご親戚。もしも天皇家で世継ぎが出せなくなった時には閑院宮家から天皇さんが出ることもある。政が京でおこなわれていたうちは公家も羽振りがよかったが、江戸に移ってからはどうにも』と、那波九郎左衛門は顔の前で手を横にふって見せた。

そう言われてみれば廊下も畳も那波屋よりも質が落ちるように見える。邸内に入る前に見えた土塀もひび割れ、穴がそのままにされていた。

「このままでよろしいか？」

「おや、口がきけるので」

脇差に手を置いて問うと、入る時はそのままで構わないが畳に座るときは正座で脇差は右側に置いてほしいと答えた。

高笑いの老人に続いて覚林と楠長十郎が奥の間に入る。

少しして十二単をまとった女が現れた。

「閑院宮様の家司、桐の女房様じゃ」

那波九郎左衛門を見ならってふたりが平伏する。

覚林は那波九郎左衛門に名乗るように促されて顔を上げた。

「羽後国象潟・蚶満寺住職、覚林にございます」

「これはこれは遠国からはるばる」

桐の女房の髪には白いものも混じっていたが声には張りがある。

「これは弟子の楠長十郎にございます」

「ほう。お武家のお弟子はんかえ」

珍しいものを見て子供のように喜ぶ桐の女房に、毛むくじゃらの顔を上げた。

「おぉ。まさしく東国武者の顔じゃ、頼もしいのぉ」

少女のような笑顔を向けられて那波九郎左衛門は「いかにも」と、うなずいた。

桐の女房は、話の概略は那波九郎左衛門から聞いたが細部を直接聞かせてほしいと言った。
覚林は八年前に起きた象潟大地震から順を追って説明した。

当時の記録と現代の調査によると、文化元年六月四日（一八〇四年七月一〇日）の夜、四ツ時（午後一〇時半）、象潟一帯をマグニチュード七・〇の直下型地震が襲った。記録の残っている塩越村では家屋の倒壊三八九棟、死者六九人とある。象潟全体では倒壊家屋かぞえきれず、死者三〇〇人超と伝えられている。

一夜が明けて人々はその惨状に息を飲み言葉を失った。名勝と呼ばれた景観が消えていたのだ。南北二五キロにわたり沿岸部が約二メートル隆起（りゅうき）して、それまで海の中にあった潟湖（せきこ）の底を地上にさらしてしまっていた。潟湖の水は外洋に流れ去り、八十八潟は泥沼に変わり果て、九十九島は泥沼に点在する森にしか見えなくなっていたのだ。

本荘藩（ほんじょうはん）七代藩主・六郷政速（ろくごうまさちか）は直後に新田開発の方針を出し、二年後から工事を開始した。全域を新田にすることができれば三万石の領地が増えることになる。そこから穫れる米の商いを一手に任せると約束して御用商人・近江屋（おうみや）に工事費を出させた。

手始めに男島が切り崩され周辺の潟が埋められた。天神下（てんじんした）でも同様に工事が進められた。このままでは九十九島はすべて切り崩され、八十八潟は埋められて見渡す限りの新田に変わってしまう。

西行法師（さいぎょうほうし）や松尾芭蕉が詠んだ象潟の景観は風前の灯である。本荘藩に新田開発を諦めさせたい。覚林は諸国の知人・有力者に力を貸してほしいと手紙を書いた。しかし返事をくれたのは那波九郎左衛門だけだった。

「一度上洛をとの手紙をいただき、昨日到着した次第です」

「それで覚林はんは、埋め立て工事が始まってからの六年間、何をしてきたのですか？」

桐の女房の声にはトゲがある。

「二年前と昨年の二度、本荘藩に嘆願書を出しました」

「ほう。嘆願書を、して、どんな」

「開墾した新田を蚶満寺に寄進（きしん）していただいたことには感謝する。しかし寺の目前まで開田するのはいかがなものか。他国よりの見物人は景観の遺失を憂（うれ）いている。したがって寺の周囲の開田はこの辺りで終わりにしてもらいたい。……一度目にはそのように書きました」

「ほう。して二度目にはなんと」

「嘆願書を出しても何も変わらず九十九島の切り崩し、八十八潟の埋め立てが進んでいる。景観を守ることは藩主の務めである。新田開発はただちに中止していただきたいと」

「して、返答は」

「何もございません」

手の中の扇を開いては閉じ、閉じては開く。

「埋め立て工事は？」

「続いております」

パシッと畳を叩いた。

「うしろの！」

「何か」

ヒゲをボリボリ掻いている。

「お弟子はんは何をしてきたのじゃ？」

「拙者(せっしゃ)は何もしておらぬ」

「なぜじゃ！」

「指図がござらぬので」

桐の女房は正座を崩してしまった。足を前に伸ばし、両手をうしろについて腰を浮かせる。

「近頃はますます腰が痛とうてかなわぬ」

ひとりごとを吐いて、那波九郎左衛門に目を向けてうなずいた。

「おふたりもお楽に」

那波九郎左衛門をまねて覚林と楠長十郎もあぐらを組んだ。

「やい、やい、やい」

那波九郎左衛門が小踊りする。

「坊さんと侍が何をぼーっとしてるんだい。だから嫌いなんだよ。坊さんも、侍も」

「ごもっともでございます」

なれた調子で相槌(あいづち)を打った。

「坊さん得意の説法(せっぽう)はどうした。こんな時にしないでどうする。村人に説法し、工事人足(にんそく)に説法し、藩役人に説法しないで坊さんが何をする。手紙を書いてる場合じゃない」

楠長十郎に扇を向けた。

「斬れ!」

「はぁっ？」

「工事人足や役人を斬れ。侍の刀は人を斬るためにあるのだぞ。斬れ。斬れ。その脇に置いた二本、まさか竹光ではあるまい」


同じ頃、江戸、下谷北稲荷町の本荘藩上屋敷。

七代藩主・六郷政速は奥座敷で客人の肥前国・平戸藩主・松浦静山と向き合っていた。

隣に三男で嫡子の政純が正座している。

「これよ。これよ。またぞろ、これを見に伺ったのよ」

松浦静山は屏風を指さしてご満悦である。

本荘狩野派絵師・牧野永昌作・六曲一双の絹本着色象潟図屏風は、地震前の象潟を忠実、克明に描いた作品として知られている。

四八歳の六郷政速は同年輩の松浦静山とはお互いに江戸屋敷を行き交う仲だ。江戸城でも同じ柳の間に詰めていることから、気がねなく酒を酌み交わし意見し合っている。

松浦静山は手に持った盃を何度も口に運び、一一歳になったばかりの政純に目を向けて語り始めた。

「お父上の統治されている象潟は古くから広く世間に知られた景勝の地であって、九十九島、八十八潟の美しさは天下の三名所と言われたほどだ。俳聖・松尾芭蕉が〝おくの細道〟最北の目的地として象潟を選んだのも、その美しさを一目見たいがためとのことじゃ」

盃を口に運び屏風を仰いだ。

「この象潟図屏風を見るのはこれで何度目か。最初に願ってお見せいただいたのはお互いまだ二〇歳を過ぎたくらいであったのう」

「そうじゃ。そうじゃ。互いに若かった」

六郷政速が盃を満たしてやる。

「ぜひこの目で象潟の九十九島、八十八潟を見たいと念願していたが、なかなか。これでも大名というのは忙しいのだぞ」

松浦静山に笑いながらにらまれて、政純はこくりとうなずいた。

「象潟の島々は大小あれども大きいものは広さが一町、あるいはそれを越すものもある。また小さい島では一〇間、あるいはその半分ほどのものもある。潟内の島々の間はその海底がすべて砂上にして湖水の趣がある。満潮の時であっても人が潟内を歩いて渡ることができ、深さは人の脛(すね)を超えることがない。それゆえに海中の島々の上を遊覧する男女は多いのである」

屏風の中にいるように、三人には象潟の情景がありありと見えている。

「初めてこの屏風を見せていただいた時、そうお父上は話してくれた」

政純が父・政速を驚いたような目で見上げた。

「この目で見たいと思いつつ、そのうちにと日を延ばして良いことはないな。そこへあの地震だ。政純殿はまだ二歳で何も覚えてはおらぬだろうが。おぅ、かたじけない」

酒をついだのは政純だった。

「象潟の景観が滅失したのは痛恨の限りである。しかし陸地となったからには開田も可能である。開墾して三万石の増収を図ることができるのであれば領主領民双方にとって幸せなことである。本荘藩には天造の地・三万石が出現したのだから」

盃をあおり、松浦静山はふうと息を吐いた。

「八年前の地震直後に開田を勧めたのはわしじゃ。お父上は迷われていたがご決断なされた。初めて聞いた話であろう」

政純がこくりとうなずくと、政速もともに頭を下げた。

松浦静山が顔の前で手を横にふっている。

江戸の本荘藩邸は他藩同様、藩主が住む上屋敷と家臣が執務をおこなう下屋敷がある。

浅草言問通り観音裏に下屋敷があった。

江戸家老・内本市九郎は国許からの手紙に目を通していた。

目の前に平伏した男が顔を上げる。

「何か、悪い知らせでしょうか？」

ニヤニヤしながら問いかけるのはこの男の性根の悪さがそうさせるのかもしれない。

男の名は関根豪ノ助。内本市九郎の子飼いである。

「関根、京に発ってくれ」

いつも通り、まばたきもしない。

「御家老、だしぬけになんですか」

「坊主が浪人を連れて京に向かった」

「あの覚林とかいう」

「そうだ」

「なんで京に」

「それを調べてもらいたいのだ」

「はぁ」

「必要な人数は京で揃えろ」

「かしこまりました」

「京の那波屋というのが滞在先らしい」

「もう着いているので？」

「おそらく」

「それでは急ぎ出立しますが、その坊主たちが京を離れたあとの到着になるやもしれません」

内本市九郎はまばたきのない目で関根豪ノ助をにらんだ。

指先が小刻みにふるえている。

（御家老の短気なことよ）

「構わぬ。那波屋に滞在して何をしたのか、誰と会ったのか、克明に調べて報告してもらいたい。おぬしの判断で捕縛してもよい。場合によっては斬っても構わぬ。いや、そのほうが藩のためじゃや。隙(すき)があれば斬れ」

出てゆく関根豪ノ助の背中を見送りながら、手を叩いて下役人を呼んだ。

「上屋敷にゆく。先に殿に知らせよ」

下役人が走り去ったあと、目を閉じて動かなかった。

あれは、天明七年（一七八七）のことだ。まだ一八歳だった私は本荘藩の役人として国許で仕事をしていた。その年は三年続けて雪解けが遅く、春も暖まる日が少なかった。夏も毎日、雲に覆われ、冷たい雨ばかりが続いた。稲穂の米粒はやせたままで実をつけていない穂のほうが多かった。本荘藩領のある羽後はまだいいほうで、奥羽の他国では米どころか稗（ひえ）や粟（あわ）さえも実をつけなかった。

飢え死にする者があとを断たない。天明の大飢饉だ。各藩は米蔵をあけて領民に与えた。それでも餓死者は毎日、毎日、川を流れ下った。

目の前で人が次々と死んだ。母に背負われた赤ん坊が息をしなくなる。老人はみずから山に入り首を吊った。食い物を盗み、見つかって斬り殺された。押し入って殺し、食い物を盗んだ。生まれたばかりのへその緒のついた赤子を殺して、家族がその肉をむさぼり喰らった。奥羽あわせて二〇万人近い餓死者が出た。飢えるということの恐ろしさがあの一年で骨の髄（ずい）にしみた。

五年前に江戸家老となり国許を離れたが、新田開発の歩みを止めるわけにはゆかない。

本荘藩だけは餓死者を出してはならない。藩主と藩役人の最低限の仕事は領民を飢えさせないことだ……政速様と私が若き日に誓ったことだ。

天造の地をなんとしても三万石の新田にしなくてはならない。それを邪魔する者を私は許さない。排除しなければならぬ。そのためなら鬼にもなる。開田の速度を上げるには私が城代家老になるしかない。

内本市九郎は下屋敷をあとにした。

閑院宮邸からの帰り道、覚林の背中を見ながら楠長十郎は首をかしげていた。覚林という男が不思議でならないのだ。弟子になってわかったことだが地震前の覚林は不真面目な坊主であったらしい。ありがたい説法をするでもなく、檀家を増やす活動をするでもない。葬式に呼ばれて経を読む程度のことしか人々の記憶に残っていないという。

覚林が人一倍励んでいたのは客人をもてなすことだった。象潟の景色を見るために諸国から訪れる客人は必ず蚶満寺に足を運んだ。松尾芭蕉がそうだったし、松尾芭蕉があこがれた西行法師がそうだったからだ。その客人たちに覚林は茶や菓子、食事まで無料でふるまった。頼まれれば宿として寺の部屋を提供した。坊主というよりまるで旅籠（はたご）の主である。

地震後、蚶満寺を訪れる客人はめっきり減った。

楠長十郎には忘れられない光景がある。

地震から二年後、弟子になって一年ほど経ったころだ。以前は海だった境内の端に立ち、覚林は声をあげて泣いていた。夕陽に向かって拳（こぶし）を丸め『もう一度、もう一度』と、ふるえる声をふり絞っていた。

『もう一度こい。大地震よこい。もう一度きて、海に沈めてくれ。元の九十九島、八十八潟に戻してくれ。そのためならこの命をくれてやってもよい。さぁ、くるのだ、きてくれ、頼む。海に沈めてくれぇ』

昼、潟の水を蒸発させた太陽が、夕刻、あわれむような赤い光で覚林を包んでいた。

楠長十郎は北隣の亀田藩で剣術指南（しなん）役助手をしていた。養子として育った家が代々、その職を務めたからだ。

一〇歳の時、産みの親の名も教えずに育ての親があいついで死んだ。

それから一五歳になるまで、亀田藩からの施（ほどこ）しで飢えをしのいだ。一五歳になって仕官を許されたが雑用の使い走りだった。そうした中でも道場には毎日通って腕を磨いた。

二〇歳になり正式に剣術指南役助手を拝命した。しかしこの時代、合戦は絵巻物か講談の中のことで、剣術は習い事のひとつに成り下がっていた。

養父の家を絶やさないために命がけで鍛錬（たんれん）している楠長十郎から見れば藩士たちのそれは、ただやみくもに竹刀（しない）をふりまわす剣術ごっこにしか見えなかった。

ある日、木刀での試合を挑まれ、それを受けた。相手は藩主の家系に近い男だった。普通なら手加減して打ちこませてやるところを思いきり打ちのめした。多くの藩士が見ている前で腕を折るまでに強打し、喉を突いた。相手は床に倒れ、泡を吹いて気を失った。

挑まれた試合とはいえ上級役人を打ちのめしたとあって謹慎（きんしん）を言い渡された。その処分中にわざわざ酒を持ってほめにくる輩（やから）もいた。倒された上級役人と出世争いをしている者たちだった。

おとなしくしていればいずれ許されるところを、願い出て剣術指南役助手を辞め、藩士の身分を捨てた。それを機に苗字を楠に変えた。養母が死の床でお前は養子で元の苗字は楠だと教えたからだ。

自分に会いにくる者もないのだからここにいてもしかたない。そんな気分だった。家屋敷を売り払い、金を持って本荘藩の象潟に移り住んだ。そして大地震に遭遇した。

『潟を放置すればすぐに木が生える。草を刈り、小石を敷いて雨水を溜めようではないか』

『九十九島の松を切ってはならぬ。土を切り崩してはならぬ。遠国からこの景色を見に旅人が訪れる。象潟の景色は宝物なのだ。その宝物を土地の人々が一番大切にしなくてはならない』

そうつぶやいて草を刈り、メソメソと泣きながら小石を敷いている僧侶がいるらしい。

楠長十郎は蚶満寺を訪ねた。そして弟子となり用心棒となった。

初めての京も面白いが、見物しようともしない覚林が面白くてならない。


「羽後国、象潟の景観保全の件でございます」

桐の女房は、ことのあらましを閑院宮美仁親王に報告した。

眠たげな親王は身じろぎもしない。

「当家に出入りの両替商・那波屋のたっての頼みとあり、少々わずらわしいことではございますが、力添えしようと思います。よろしいでしょうか」

親王の重いまぶたが下がる。

「なにぶん、当家においては蓄財が不足気味。那波屋の頼みを聞いてやり、蓄財を増やし、門扉の破れやら、働き女どもの衣装やら化粧やら……、親王の食膳に象潟の岩牡蠣を並べるとかをせねばなりません」

「岩牡蠣」

「そうでございます。鳥海山の伏流水で育った大きな岩牡蠣でございます。那波屋に大金を払わせて象潟の大岩牡蠣を取り寄せるのでございます。よろしゅうございますな」

親王はゴクリと唾を飲みこんで首を縦にふった。


自室に戻った桐の女房は自身の衣装に目を落とした。色褪せてほころびだらけ。公家などは絵飾りに過ぎぬ。財力も奪われ、権威も奪われ、商人に助けてもらわなければ明日の米さえままならぬ。江戸幕府が天皇と公家の権威を失墜させたのだ。禁中並公家諸法度やら紫衣事件やら、幕府は痛めつけることしか考えない。その幕府を恐れ諸国の大名までもが禁裏をないがしろにするようになった。坊主も浪人も嫌いだが幕府や大名などはヘドが出るほど嫌いじゃ。

黒染みの広がった扇を閉じては開き、開いては閉じた。

美仁親王も五四歳。ご病弱のうえ美食家で……それより楽しみがなかったのであろうが……先は長くあるまい。孝仁様は一九歳。代替わりの仕度も始めねばならぬ。金が要る。那波屋の頼みをむげにはできぬ。

桐の女房は庭に目を移した。池に出目金（でめきん）が群れている。

あの両替商も不思議な男よ。稼いだ金を惜しげもなく使う。珍しい金魚を手に入れたと言い、庭に池を掘り、清水が流れる水路を通し、飼育にかかると大金を置いて帰った。今度は象潟の景観を守るのだと。ほんに道楽者よ。……腹の中はわからぬが……まぁ那波屋の金の続く限り、こちらが踊らされているように見せねばのう。

桐の女房の扇が、閉じては開き、開いては閉じた。


覚林と楠長十郎は那波屋で一〇日の足止めを食った。

桐の女房が策をめぐらすのに要す時間とのことだった。

覚林は京の古刹（こさつ）に出向き、象潟の景観保全を訴えることを思い立ったが那波九郎左衛門に止められた。桐の女房の策に差し障（さわ）りが出てはまずいとの判断だった。よって覚林は那波屋の室内で経を読み続けた。

楠長十郎はじっとしていられない。その気質が那波九郎左衛門とあい通ずるようで、毎日誘われるまま京見物についてゆく。

初日は鴨川沿いの料理屋で初めて鱧（はも）の刺身を食った。魚の味よりもみかんの皮のような柑橘（かんきつ）

の味がした。豆の煮汁の薄膜を京の人々はありがたがって食っている。湯葉というらしい。楠長十郎にはなんの味もしない。これのどこがうまいのだと不思議がるのを那波九郎左衛門が手を叩いて面白がった。

　これも食え、あれも食えと見たこともない料理が出てくる。筍や蕨はもちろん知っている。胡瓜も茄子もだ。しかしそれらの盛り付けにはあきれてしまう。ほんのひとつまみしか皿に載っていないのだ。子供用の料理かと問うたが大人用だと那波九郎左衛門は笑い転げた。とにかく薄味で量が少ない。魚の刺身が丸めて盛られていたり、花が添えられていたり、食い物というよりは眺める物というふうだ。京の食い物はまずいというのが楠長十郎の出した結論だった。

　二日目、清水寺の舞台の高さに楠長十郎の足がすくんだ。欄干から手を離せずにいると、那波九郎左衛門がからかって背中を押したりする。こわもての毛むくじゃらが本気で怖がるのが面白くてたまらないらしい。

　三日目の金閣寺では言葉を失った。国中の財力を集めなければこの建物はできないだろう。金を出したのは商人だと那波九郎左衛門は胸を張った。なるほど役人だの武士だのはいばりちらしたり武器で脅かしたりが仕事で、金を生み、増やし、与えるのは商人なのだ。この老人の言う通り、実は一番偉いのは商人なのかも知れない。楠長十郎は那波九郎左衛門を見直すような心持ちになっていた。

その後も、平安神宮、三十三間堂、二条城など名所を連れまわしてくれた。

夜は祇園で一緒に酒も飲んだ。派手に遊び、金を配った。しかしいやらしさがない。潔くて、おかしくて、気品がある。稼いだ金の一番正しい使い途は「遊び」だと教えられた気がした。

九日目の夜、千鳥足での帰り道、那波屋の前に素浪人が四人、暗闇から店の様子を窺っていた。強盗かと驚いた那波九郎左衛門を脇に隠して、楠長十郎がひとりふらふらと近づいてゆく。

「何か、この店に御用ですか?」

暗闇から声をかけられて四人は驚いた。

「おぬしは何者だ」

ひとりがけんか腰で誰何する。

「この店の客だが、何か」

「客だと?」

まるで信じる様子がない。それもそのはず。着物は薄よごれて顔はヒゲだらけ、髪は月代も剃らずに髷がのっている。どこからどう見ても四人と変わらぬ素浪人なのだ。那波屋の客人であるなど、京のことを知るものであればなおさら信じられない。

「もしや、坊主と一緒にいる浪人か？」

頭役と思われる男が小声でつぶやき、手下に向かってあごをしゃくった。

「この店の客人であれば伺いたい」

「なんなりと」

顔のヒゲを掻きながら上体を揺らしている。

「この店に覚林という名の僧侶は滞在中か」

「か・く・り・ん？」

「そうだ」

「さぁ。知りませぬなぁ。そんなへんてこりんな名前の者は」

「本当か」

「いかにも」

「ではおぬしの名は」

「拙者か、拙者の名は……はてなんだったかなぁ」

この男と話しても無駄だと四人は遠ざかっていった。

「どうでした？」

那波九郎左衛門が周囲を警戒しながら店の前に立った。

「強盗ではなかった」

「では何で？」

「覚林を捜していた」

腕組みして考えこむのを、まぁ中で酒でも飲みながらと那波九郎左衛門は家人に店の戸をあけさせた。

一〇日目、閑院宮邸に那波九郎左衛門、覚林、楠長十郎の三人が参殿した。

「ない知恵を絞って、なんとか策をひねり出しましたよ」

桐の女房の手紙を那波九郎左衛門がうやうやしく押し戴(いただ)き、咳払いをして読み始めた。

【羽後国象潟・皇宮山蚶満珠禅寺(こうぐうさんかんまんじゅぜんじ)を閑院宮家の祈願所とする。

その証として閑院宮家家紋入り提灯(ちょうちん)を同寺に寄付するものである。

当家の祈願所としてふさわしい景観の保全に努めるよう強く申し送るものである。

【閑院宮家・家司・田中有道（たなかありみち）】

蛽満寺第二四世覚林和尚

那波九郎左衛門が深々と頭を下げると桐の女房も満足げにうなずいてみせた。那波九郎左衛門は手紙を覚林に手渡した。

「誠にありがとうございます」

一読した覚林は感激した面持ちである。

「この、家司・田中有道様とは」

「ほれ」

自分の顔を指さしている。

「桐の女房様のことで？」

「女の名前ではそれだけで侮（あなど）られる。田中は本当の苗字で、有道は父が男が生まれたら付けようと決めていた名前だ。よって私自身と言ってさしつかえない。あいにく使えずじまいの名前だったがここにきて日の目を見た。亡き父も喜んでおられるだろう」

「ありがとうございます。この書簡をさっそく持ち帰り、工事を中止させます」

「遠国の小藩なれど公家の権威くらいは聞きおよんでおろう。祈願所となったからには勝手な真似はできないと、おとなしくなると思うがのぉ」

　笑みを向けられた那波九郎左衛門が手を揉(も)んだ。

「それはもう、肝を潰(つぶ)して縮(ちぢ)みあがることでございましょう」

「権威を示すために家紋入りの立派な提灯を用意せねばのう」

「その提灯を絢爛豪華(けんらんごうか)な漆塗(うるしぬ)りの木箱に入れて送りましょう」

「ほぅ」

「本荘藩の大名駕籠(かご)よりも豪勢な箱に」

「はぁ」

「まぶしくて直視できないような、きらびやかな細工を施すのです」

「うむ」

「本荘藩主も工事役人も閑院宮様の権威を思い知ることでございましょう」

「さすが那波屋」

「費(つい)えのほうは、万事、この那波屋にお任せいただきとうございます」

「そうか。ではそのようにいたそう」

桐の女房は開いた扇の裏で声をあげて笑った。

出立の時、覚林の背中に抱きつく子供がいた。那波九郎左衛門の五歳になる孫娘だった。覚林は一〇日の間、京見物をすることもなく室内で経を読む日々を送ったが、この孫娘の遊びには快く付き合った。

「嬢ちゃん、お別れだね」

店先に座り草鞋（ぞうり）の紐を結ぶ背中で嬢ちゃんは首をふってイヤイヤをする。

「また、お馬さんやって」

那波九郎左衛門が抱き上げると大声で泣きだした。

「ほら思い出して。目をつむって会いたい人の顔を思い浮かべるの。何日か前に一緒にやったね。嬢ちゃんにもできた。今度は覚林を思い浮かべてね」

覚林と楠長十郎が象潟に向けて旅立った。

同じ頃、本荘城下、御用商人・近江屋で三人の男が酒を酌み交わしていた。

新田開発責任者・藩役人・鎌田藤七郎（かまだとうしちろう）、現場監督・土木工組頭（くみがしら）・工藤伝作（くどうでんさく）、そして近江屋の主・近江屋次郎右衛門だ。

「象潟の水も温む頃とあいなりました」

近江屋次郎右衛門が鎌田藤七郎に酌をする。

「うむ。頭、そろそろ始めるか」

鎌田藤七郎が工藤伝作に横目を送る。

「へえ。すでに仕度はすんでおりますのでお指図があれば明日にでも」

盃を口に運びながら鎌田藤七郎がうなずいた。

「しかし、それには金もかかることだしな」

「この近江屋にお任せください」

「おぉ、そうしてくれるか」

鎌田藤七郎は近江屋に返盃をすすめた。

「三万石の米商いを任せるとのお約束、反故にさえされなければこの近江屋、命に代えても費えの役目を果す所存にございます」

近江屋次郎右衛門がその場に平伏してみせた。

「殿は参勤交代の江戸番を終え、嫡子の政純様を伴って帰藩の予定だ。近江屋の心掛け、しかとお伝えする。さすればますます商売繁盛」

酔いがまわったか、鎌田藤七郎の口が滑らかだ。

「ここだけの話だが幕府のやりようはひどい。江戸の口減らしに旧里帰農令を出した。出稼ぎ人を故郷に帰し百姓をやらせたわけだ。しかし急な百姓の増えように地方の物成が追い付かない。食糧難となる藩が続出した。各藩は米蔵を解放して領民に配った。

すると今度は囲米令を出した。飢饉に備えて米を備蓄しろ、飢饉でもない時には分け与えてはならないと。まぁ、江戸の惨状を見ればわからぬわけでもない。大洪水は象潟地震の二年前で、大火は地震の二年後だ。いざという時に備えて備蓄しておけ、そのために新田を開発しろと。これより方法がないと頭ではわかる。しかし幕府ももう少しやりようがありそうなものではないか。もうこれ以上は言わぬがな」

近江屋次郎右衛門が工藤伝作に酌をする。

「今のお話は聞こえなかったということで」

「へえ。心得ております」

工藤伝作が酌に礼をいって盃を口に運んだ。

「商人も苦労しております」

近江屋次郎右衛門は手酌を始めた。

「二三年前の棄捐令はひどいものでした。六年前までの借金は踏み倒してよいと将軍様が命令を出すなんぞ。あれで商人がどれほどの目に遭ったか。奉公人に暇を出して店を縮小するなどはいいほうで、二百年続いた老舗が店閉まい、あげくの果てには一家心中。商人にはそんな命令を出しておきながら寛政の改革を早々と放り出し、大奥では元通りのぜいたく三昧とか。島を削り潟を埋めて新田を開発しろ、米を備蓄しろと言われても、上がそれでは下の者がついて行けませぬ。それに」

まだも続けようとする近江屋次郎右衛門に工藤伝作が徳利を持ち上げ、盃を口に運ぶように促した。

「あぁ、これはありがたい」

ひと息にすすり、盃を渡すと徳利を傾けながらあごをしゃくった。

「ねぇ頭、頭もそのように思われるでしょう」

「はて、耳が遠いゆえ、何も聞こえませんでした」

鎌田藤七郎がつむっていたまぶたを開いてにらみつけた。

「わしもじゃ。酔って寝ていたために聞こえなかった。しかし、めったなことを言うものではないぞ。悪くすれば首が飛ぶ話じゃ」

「これは大変失礼をいたしました」

あわてて近江屋次郎右衛門がその場に平伏し、立ち上がったふたりにいつものように袖(そで)の下を渡した。

「明日から工事を始めるといたそう。よいな、頭」

「へぇ」

二、山も海も

紀元前四六六年、鳥海山は山体崩壊（さんたいほうかい）を起こした。マグマの熱で地下水が沸騰し爆発する水蒸気噴火や大地震、大雨などが原因で生じるが、鳥海山の場合、特定されていない。六〇億トンの「流れ山」が海に押し寄せ、海岸線を埋め立てた。長い歳月で土砂は波に侵食されて八十八潟をつくり、削られなかった岩石が九十九島となった。

江戸・本荘藩上屋敷。のちに八代藩主となる政純は絹本着色象潟図屏風の前に正座していた。全体が金色に輝いて別名を金屏風というのもうなずける。左右二帖の屏風で一双（一組）である。地震前の象潟・九十九島、八十八潟のすべてがその一双に描かれている。

（この左右の屏風に描かれた島々をかぞえたら九十九もあるのだろうか）

島のひとつひとつに名前が書かれていた。
右隻（うせき）（右の屏風）。上奥に白雪を載せた鳥海山。下手前は日本海で潟内のそれよりは大きな波が描かれている。潟湖のさざ波の中に大小かぞえきれない島々が浮かんでいた。松の木の生えた島が多い。左下手前に山の頂がまったいらな島があった。塩越城跡（しおこしじょうあと）とある。周囲には密集した家屋が描かれている。昔の城下町かもしれない。

入り江には大船が停泊していた。北前船だろうか。家臣の誰かが教えてくれた。北前船は最北の蝦夷地（えぞち）から昆布（こんぶ）や鰊（にしん）を積んで日本海を南下し、寄港地に停泊するたびにその積み荷の一部を売りさばき、別の品を買いこむ。関門海峡を瀬戸内海に進み、最終的には大坂ですべてを荷揚げするのだと。これほど壮大なことがあるだろうか。大坂からの帰り船には淡路島の菜種油、京・大坂の工芸品、灘の酒などが積まれるそうだ。

その北前船がわが領地・象潟に停泊する。あぁ、想像するだけでこころが躍る。北前船の水夫も象潟の絶景に目を奪われただろう。鳥海山を奥屏風にして手前に九十九島、八十八潟がたたずんでいるのだ。春の桜、夏の緑、秋の紅葉、冬の雪景色。あらゆる寄港地で象潟の絶景を語って聞かせたに違いない。

左隻（させき）。左上奥から背長島、大島、あい島。苗代島は大きくて松の木も多い。その手前の奈良島は山の高さが最も高い。その頂上付近にはやはり松の巨木がある。右下手前には鶴折島、唐戸石とある。このあたりは地震前から海沿いの乾いた土地だったのだろう。密集した家屋の絵が描かれている。唐戸石の右前は入り江で、対岸には熊野神社と書かれていた。美しい入り江に大きな橋が架かっている。この橋を日々、人々が渡り熊野神社詣でをするのだろうか。

中央にひときわ大きな島がある。象潟島と書いてある。その島の中にある建物が蚶満寺だ。寺は松林に囲まれている。松林の中に桜の巨木も点在していて花を咲かせていた。覚林とはこの蚶満寺の住職なのだろう。

いったいどの道が正しいのだろう。父と内本市九郎は領民を飢えから守り、藩財政を安定させるために、天造の地を三万石の新田に開墾している。一方、蚶満寺の覚林は景観を保全せよと訴えているらしい。

この美しい象潟を江戸育ちの私が見るのももうすぐだ。

京を出立した覚林と楠長十郎は嵯峨野、嵐山を過ぎて保津峡にさしかかった。真昼なのに鬱蒼とした木立のせいで暗がりが多い。

京を出て象潟と逆方向に向かっているのは、那波九郎左衛門の取り計らいだった。

『きた道を戻ればまたひと月半かかるが船なら一〇日ほど。亀岡(かめおか)、綾部(あやべ)を経由して舞鶴(まいづる)に行きなさい。舞鶴の北前船に乗せてもらえるように早飛脚を送ってある。象潟には船着場がなくなってしまっただろうから、手前の吹浦(ふくら)か酒田に寄港するのがいい。そこからなら歩いて半日か一日。閑院宮様からのお手紙を大事にして一日も早く象潟に到着するのがよい。本荘藩との交渉は簡単ではないだろうがうまくいくことを願っている。もしもまた助けが必要になったら遠慮なく連絡してほしい。那波屋の続く限り支援は惜しまない』

老人は京言葉でそう語り、見送ってくれたのだった。

保津峡沿いの狭い街道を急いでいる。

「覚林さん、少しそこの木陰で休息してくれませんか」

「まだ少しも疲れておらぬが」

歩き続ける覚林を強引に木陰に隠してしまった。

バタバタと走ってくる足音がする。

脇差に手をのせて身構えると四人の男が取り囲んだ。

「この前の」

那波屋の前で中を窺っていた素浪人たちだった。

「覚林を渡せば、おぬしの命は助けてやる」

頭役の男が言い終わる前に、一番近くにいた男を斬って捨てた。斬られた男は声を出す間もなくその場に崩れ落ちた。

「断る」

その時には二人目の男が倒れていた。

「ひけっ！」

頭役ともうひとりは逃げた。楠長十郎が追いかける。手に持った刀の先から赤い血がしたたり落ちる。街道が折れるところまで追いかけて足を止め、刀を懐紙で拭い鞘におさめた。

さきほどの場所に戻ると覚林が地べたにひざまずき、手を合わせていた。

「殺しにきた奴らに経をあげるのですか」

「私に関わったばかりに命を落としたのです」

楠長十郎は死んだふたりを杉木立の中に寝かせた。

「お前が刀を抜くところを初めて見ました。恐ろしいほど強いのだね」

覚林は悲しげな目を向けて歩き始めた。

楠長十郎はふり返り、街道に誰もいないのを確かめると、さきほどまでよりも固く、足早になった背中を追いかけた。

　関根豪ノ助は京の西、亀岡の宿で江戸家老・内本市九郎宛の手紙を書いている。

　覚林と浪人はたしかに京の両替商・那波屋に滞在していた。那波屋は公家衆に金を貸し付けるが取り立てはしない。くれてやるのだ。その代わり様々な便宜を図ってもらうらしい。たとえば京都所司代・酒井忠進が宇治橋の架け替え工事の費用を那波屋でまかなえと命じたおりも、公家衆が様々になんくせをつけて取り消させた。那波屋は何千両もの金を失わずにすみ、以後ますます公家衆への出入りが増えている。

　覚林と浪人を伴って那波屋が訪れた先は閑院宮家。何を話したかは探れていない。閑院宮家は那波屋が最も多くの金をつぎこんでいる公家らしいので覚林の頼みを聞き入れることもあるかもしれない。

　京を離れたふたりを四人の刺客に襲わせたが逆にふたりが返り討ちにあった。私は京に戻り那波屋と閑院宮家を調べるため、しばらく潜伏するつもりだ。京の定宿が決まったらまた手紙を書くので金を送ってもらいたい。……手紙の概要はこんなところだった。

　それにしてもと関根豪ノ助は不思議に思う。

京都所司代の命令に背く商人がいたり、藩主の方針に異議を唱える坊主がいる。徳川幕府二百年の威光をまるで知らぬようなふるまいだ。その結果、こうして俺に狙われる。みずから命を粗末にしているようではないか。

舞鶴から北前船で北上し、一〇日あまりで象潟に戻った覚林と楠長十郎は、二日後に藩庁に出向き、書簡を広げて藩役人に見せた。

「蚶満寺が閑院宮家の祈願所となり、その証として家紋入りの提灯が下付されることとなりました。祈願所となったからには象潟の景観の保全に努めよとのご命令にございます」

覚林は藩役人の前で怖がる素振りもない。胸を張り、前を見据え、笑みをたたえている。

その背中を楠長十郎が眺めている。

たくましくなった。一〇歳年上の、一応、師匠である覚林を弟子が評するのはふさわしくないとわかっている。それにしてもたくましくなった。夕陽に泣き崩れていた覚林とは思えない。人は身体を動かすと人格までも大きくなるのか。島の切り崩しをやめてくれ、潟の埋め立てをやめてくれと手紙ばかり書いていたころは弱々しくおびえた子供のようだった。しかし、今はどうだ。ひと月半歩いて京に上り、北前船に一〇日も揺られて戻ってきた。このふた月で覚林は大きく、たくましくなった。

「この手紙を預かるがよろしいか」

藩役人が問うのに覚林は「構いません。同じものが寺に一通、閑院宮家に一通、京の支援者宅に一通ございます」と答えた。藩役人は苦々しい顔で受け取り、いずれなんらかの回答をするとだけ言った。


京の定宿の二階から通りを眺めていた関根豪ノ助は目をこすった。

「間違いない。奴だ」

二〇日ほど前に京を発って象潟に向かったはずの浪人がなぜまた京にいるのだ？　浪人だけ途中でひき返してきたのだろうか。覚林の姿はない。

内本市九郎からの手紙で事態が飲みこめた。

閑院宮家が蚶満寺を祈願所としたこと。それを覚林が藩庁に知らせて工事の中止を求めたこと。それがお国入りしていた藩主・政速の逆鱗（げきりん）に触れ、閉門謹慎の処分となったことが簡潔に書かれていた。

（何が殿の逆鱗に触れだ。そのように報告したのは御家老であろうよ）

関根豪ノ助は内本市九郎のまばたきのない目とふるえる指先を思い出しながら、手紙の続きを目で追った。本荘藩の返書ができ次第、京の定宿まで届けさせると書いていた。

『役人仕事だから、ひと月やふた月は待たされる』

あの日、蚶満寺に戻った覚林は夕暮れの境内でそう語った。

『誰かくる』

楠長十郎が指さす先に提灯が揺れ、次第にその数を増やした。提灯に家紋。三つ亀甲の内七曜・本荘藩六郷家の家紋だった。

三十数人の藩役人が覚林と楠長十郎の前に立ち並んだ。もっとも格上と見える者が進み出て懐から紙を出して両手に広げると、かたわらの者がその手元を照らした。

『一つ、藩の方針に背き開田工事の中止を扇動している。これ罪に当たる。

一つ、藩に届けることなく京におもむいたこと、これ罪に当たる。

一つ、京にあって公家をだまし、藩の名誉をおとしめる活動をしている。これもまた罪に当たる。

よって蚶満寺は閉門、和尚覚林を謹慎とする』

覚林と楠長十郎は藩役人たちの提灯に追われるように寺の中に押しこめられた。山門は閉じられ竹垣が組まれた。

覚林に命じられ夜陰に紛れて象潟島を抜け出た楠長十郎は夜通し酒田まで駆け、夜明け前に廻船問屋・鐙屋の戸を叩いた。手代に手紙を渡し、主に取り次いでもらいたいと頼んだ。

奥から出てきた鐙屋惣左衛門を見て驚いた。あまりにも那波九郎左衛門に似ていたからだ。商売で大成功したものはどこか皆、似てくるものなのか。

『京の那波屋さんのお客人とあれば話を聞かないわけにいかない。どのような御用向きでございましょう』

ゆったりと落ち着き払い、笑顔を浮かべながら、時折するどい目付きをする。裕福であるのに粗末な着物を着て、若い者や身分の低い者にも愛想よく接する。それが商売で成功する者の心得なのかもしれない。

楠長十郎はことのあらましを伝え、京に向かいたい、鐙屋の北前船に乗せてもらいたいと頭を下げた。

鐙屋惣左衛門は承知したと即断し、店の者に酒田湊に案内するように命じた。

礼を言って出て行こうとする楠長十郎を鐙屋惣左衛門がひき止めた。

『これはお返しします。これからも大事になさるがよい』

手紙だった。舞鶴の商人もそうだったように、この酒田の大商人も手紙を返してくれた。北前船の寄港地の商人たちは商売を通じて各地の大商人と人脈を形成している。その中で京の両替商・那波屋を知らぬものはいないらしい。手紙はこのあとも何かの役に立つかもしれないと返してくれたのだった。

酒田湊を出ると北風に追われてたったの五日で舞鶴湊に着いた。北前船への礼もそこそこに綾部、亀岡を走り抜け、三日目の昼に京に入った。


小川二条上ルの通り、那波屋の暖簾（のれん）を潜（くぐ）ると店の者が腰を抜かした。わずか二〇日ほど前に出立した男がふたたび現れたのだ。主の那波九郎左衛門でさえ、おそらく一生会うことはないと別れを惜しんで見送っていた。手代は血相を変えて奥に走った。

「かくりんもいっしょか?」

孫娘だった。楠長十郎ひとりと知ると踵（きびす）を返した。

「おやまぁ、さっそくのお帰りで」

孫娘と入れ替わりに那波九郎左衛門が満面の笑みで姿を現した。事情を説明しようとする楠長十郎の肩を抱くようにして店の中へ上がらせ、まぁまぁゆっくり酒でも飲みながらと先を歩く。奥座敷に座ると、次から次へと酒や料理が運ばれてくる。

「おうおう、それは覚林さんもえらい目に遭いましたなぁ」

そう言いながらどこかうれしげである。

「そうですか、酒田や舞鶴の商人さんがこの那波屋を気に止めていてくださいましたか」

那波九郎左衛門は酒をつぎながら、ありがたいことですと何度も頭を下げた。

京に戻って二〇日目、楠長十郎は那波九郎左衛門とともに烏丸の閑院宮邸に参殿した。奥座敷に通されると間もなく桐の女房が正面に座った。

「象潟から一〇日もかからずに京に戻ったとか」

あらかじめいきさつを伝えてあるらしかった。

「さすが楠木正成公の末裔であるな」

横目でにらんだ。

（そんないいかげんな話まで吹きこんだのか）

数日の間、することもなく酒を酌み交わしていたある日、突然、奇妙なことを言いだした。

『楠という苗字は本名ですか？』

『いかにも』

そうであれば楠木正成公の末裔である。記録によれば湊川の戦いで足利尊氏に敗れた楠木正成はその場で自害して果てたが、一族郎党の一部は戦場を逃れた。その中に曽孫の正家がいた。正家を守りながら彼らは羽後国由利郡まで落ち延びた。正家は足利幕府の追尾をかわすために苗字を楠の一字にあらため生涯を由利の地で過ごしたという。その正家の末裔、つまり楠木正成公の末裔に違いないと言い始めたのだ。

『そんな証拠はどこにもない』

『証拠などどうでもよろしい。末裔で通しましょう。楠木正成公はお公家衆に人気がありますさかい』

『正体を隠すならまったく別の苗字にするだろう。まぁ、どうでもよい』

楠長十郎はあごヒゲをボリボリ掻いて、那波九郎左衛門が喜ぶのを放っておいたのだった。

梅雨の晴れ間、蚶満寺周辺の埋め立て工事は勢いを増した。

工事人たちにいつも以上に活気があるのは、七代藩主・六郷政速が開田工事現場の視察にきたからだ。脇には嫡子・政純と、このたび念願かなって城代家老となった内本市九郎が付き従った。

新田開発責任者・鎌田藤七郎が先導し、土木工組頭・工藤伝作が仔細を説明する。六郷政速のうしろには御用商人・近江屋次郎右衛門までがついて歩いた。

本荘藩がいかに開田工事を重視しているか、藩主みずからの視察で領民にわからせようという意図がある。同時に閉門謹慎の身となった覚林に賛同するなと無言の圧力をかけているのだ。

一一歳の政純は象潟の美しさに息を飲んだ。

「金屏風と同じでございます。父上」

その声を六郷政速は聞き流す。

「あれが鶴折島、これが鷹放島、その先は唐戸石。そうであろう」

政純の指さす先を見ながら藩役人が驚いた。

「その通りでございます」

「はて、そこに男島があるはずだが」

「いい加減にしろ。政純」

独り言を政速が叱責した。

「九十九島を切り崩して八十八潟を埋め立て、三万石の新田を開墾するのだ。男島はすでに消えて新田となったのだ」

政純はにらみつけている。これまでにこのような目で父を見たことはない。そう自分でもわかっている。

付き人の先を歩き、蚶満寺に向かってゆく。周囲の藩役人が止めようとするのを政速が放って置けと突き放した。

政純は蚶満寺の山門に立った。開門を命じると内側からあけられた。広い道が続いている。道の両脇に鳥の羽に覆われた樹木があった。よく見ると鳥の羽に見えたのは花だった。細い産毛のような花びらの先端が薄紅に染まっている。空を飛ぶ美しい鳥から落ちた羽が緑の葉の上にふわりと載っているようだった。緑の細長い葉は密集し、同じ方向にその先を尖らせている。

「これは？」

「合歓の木でございます」

（象潟や　雨に西施（せいし）が　ねぶの花）

「これが芭蕉の詠んだ花か？」

政純が問うと警護の藩役人がいかにもと胸をそらした。

折れた道の先に本堂があった。天下に聞こえた古刹にしては小さな本堂だ。

（覚林には欲がないのか、それともただ金がないのか）

「覚林はどこか」

藩役人が前を歩いて裏庭に案内する。

犬楠（イヌグス）（タブノキ）の巨木の根元に覚林は座っていた。

ふたりで話がしたいと藩役人を下がらせた。

「何をしているのだ」

声をかけられてふり向いた。

「どなたです？」

「六郷政純だ」

「ようこそお越しくださいました。当寺の住職・覚林にございます」

政純は覚林の笑みを警戒している。

「ここで何をしているのだ」

「ご霊木と話をしておりました」

「木と話を?」

「はい、樹齢千年と言われております」

「まさか千年も」

「人間の寿命は長くて八〇年ほどですが、世の中には気の遠くなるほどの寿命を持つものがございます。動物や樹木だけが生きものではありません。山も海もまた生きものです」

「山も海も?」

「はい。あの鳥海山も生きもので寿命があります。いつかは砂となり、この地上からなくなる日がきます。海でさえも干あがり海ではなくなってしまう日がくるのです。すべてに寿命があり、この世から消える日がきます。わたしたちはその命の一瞬を見ているに過ぎないのです」

覚林は犬楠の大木を見上げた。

「このご霊木は千年にわたり象潟の風景と人々の営みを見続けています。ご霊木は今の象潟の姿と人々のおこないを見てなんと思っているでしょう」

覚林は政純の前に平伏した。

「あなた様はいずれ藩主となられるお方です。象潟の景観を残すも、滅失させるも、あなた様の手に委ねられています。百年後、二百年後、人々は象潟の姿を見てなんと言うでしょう。あなた様のおこないをなんと言うでしょう」

　政純は身を固くして覚林の話を聞いた。


　初めてのお国入りに政純は心躍ることばかりだ。鳥海山は源氏物語絵巻の姫君のようにあでやかな衣装をまとって端座していたし、象潟の九十九島は天上界の鳳凰が一斉にまいおりたように八十八潟にその爪先をしっかりと食いこませていた。子吉平野の青田、子吉川の雄大さ、土塁の名城と評された本荘城の見事さも、ひとつひとつが胸に残った。

　本荘城・奥の間。たまには親子水入らずで話そうと、父・政速が誘った。

「本荘藩は外様大名、石高は二万石」

「はい。藩祖は戦国武者・六郷政乗公」

　政純は教育係の家臣から六郷家の成り立ちを暗唱できるまでに学んでいた。

「発祥は羽後国六郷の里。仙北衆と呼ばれる豪族のひとりだった。豊臣秀吉公の小田原攻めに参陣し、六郷五千石の統治者として承認された。二度の朝鮮出兵のおりには九州名護屋まで駆けつけ、軍船の荷役の任に就いた。太閤殿下亡きあとの関ケ原の戦いでは駿府（すんぷ）まで駆け参じて徳川方にお味方した。その功績が認められ六郷政乗公は常陸（ひたち）府中藩一万石の大名となった。その後も大坂冬の陣、夏の陣で徳川方の先鋒を務めるなど、政乗公は席の暖まる暇もなく戦に明け暮れた。徳川幕府はこれに応えて羽後国由利に本荘藩二万石を与えた。政乗公は命がけで五千石、一万石、二万石とその石高を増やしたのだ」

政純はすべてを心得ているようにうなずいた。

「江戸城の柳の間を知っているか？」

初めて首を横にふった。

「将軍謁見（えっけん）の順番を待つ際に歴代の本荘藩主が座る部屋だ。仙台藩や薩摩藩など石高の大きな藩は外様大名であっても大広間に座る。秋田藩などもそうだ。しかし二万石の外様大名は大勢の諸侯とともに柳の間にすし詰めに座らされる」

政速は政純の目をまともに見た。

「柳の間の中でも座る席が決まっている。すべて石高で序列が決まるのだ」

政速は苦しそうに、ふぅと長い息を吐いた。

「くだらないと思うか。人物の出来ではなく石高で決まるのだ。やがてお前があとを継いで藩主となる。そうなれば柳の間の下座に座ることになる。お前がどんなに優秀で、この国のために素晴らしい意見を持っていたとしても柳の間の外様大名の意見など、幕閣は聞こうともしないだろう」

窓の外の鳥海山に目を移した。夏である。山頂あたりに残雪の白が小さく点在していた。

「われら親子二代で本荘藩を五万石にするのだ。戦で人を殺すことなく石高を二倍以上にできる。それが象潟の新田開発なのだ」

政純の目を覗(のぞ)きこむ。

「父のやっていることは間違っているか?」

しばらくうつむいて顔を上げた。

「わかりません。何が正しい道なのか」

政速はまたふぅと長い息を吐いた。

「覚林は何と言った」

「百年後、二百年後の人々が今のおこないを見てなんと言うだろうかと」

「それで政純、お前の考えは」

「わかりません。私にはまだ」

「百年後、二百年後、どのように言われても構わない。正しいと思うことをやるのみだ。領民を飢えから守り藩財政を豊かにする。国力をつけて軽んじられないようにするのだ」

象潟視察のあとから臥せる日が多くなった。死期が近いことを悟った六郷政速は政純と重臣を枕元に集め、政純が二〇歳になるまでは城代家老・内本市九郎が後見役をつとめること、ほかの重臣はその指示に従うことを申し付けた。くわえて、天造の地である象潟を三万石の新田に開墾し、本荘藩を五万石にせよと象潟開墾事業の継続を命じた。

閑院宮家との論争が始まったこの年、文化九年（一八一二）一〇月二六日、六郷政速は亡くなった。享年四九。

楠長十郎は約一年を京でむなしく過ごしていた。桐の女房が美仁親王の病状悪化に伴い、看護と政務に追われて手がまわらなかったためだ。

その桐の女房から参殿するようにと使いがあった。

桐の女房は扇で隣の若い男を指して言った。

「私の息子です」

楠長十郎があからさまに驚いた顔をする。

「なんじゃ、子がいてはいけぬか。これでも若い時分はあちこちの殿方に追いかけられたものでな、あるときは一度に三人もの殿方に……」

息子の視線に気づいて咳払いをする。

「そんなことはどうでもよい。ほれ、挨拶をなさい」

促されて息子はふたりに向き直った。

「田中有義（たなかありよし）にございます。以後、お見知り置きを」

若者は丁寧に頭を下げた。

「覚林はんが謹慎になってもうすぐ一年。あいにく多忙で何もしてやれずにいましたが、この有義が西国の任務を終えて戻りましたので、覚林はんと象潟のために働いてもらうことにしました。なにはともあれ、覚林はんを自由の身にしてあげねばのう」

「ぜひともお願いいたす」

楠長十郎が平伏する。

「楠木正成公の末裔に頭を下げられたら、やるしかおまへんなぁ」

桐の女房が扇を閉じて向けた。

「田中有義、閑院宮家の使者として象潟に下向し、覚林和尚を自由の身にしてさしあげなさい」

「承知いたしました」

頭を下げ、すっくと立って奥座敷を出ていった。

「では、それがしも一緒に」

立とうとするのをふたりがひき止めた。

桐の女房が言うのには、楠長十郎は命を狙われている。一緒に旅をさせては有義も命を狙われる。二五歳になる大人だが、かわいい一人息子にかわりないから一緒には行かせられないと言うのだ。楠長十郎が語った保津峡の一件を那波九郎左衛門から聞かされていた。

田中有義が出立して数日後、文化一〇年（一八一三）の春、閑院宮邸に本荘藩から書簡が届いた。

知らせを聞いて那波九郎左衛門と楠長十郎が参殿した。

「蚶満寺を閉門させ、覚林はんを一年も謹慎処分にしているだけでは気がすまず、この閑院宮家にけんかをしかけてきましたよ」

桐の女房はいかにもうれしそうに書簡を開いて見せた。那波九郎左衛門も小躍りして応じている。

書簡には、蚶満寺が閑院宮家の祈願所となっても住職の覚林が罪を犯し謹慎中の身であるから、閑院宮家の提灯の管理も行き届かない。したがって祈願所の件は中止にされるのが妥当と考えると書いていた。

「有義も使者としてうまくやるだろうが、ただちに返書を送ることにする」

翌日、桐の女房は楠長十郎に返書を手渡した。


さかのぼること数日前、本荘藩の書簡を読んだ関根豪ノ助はみずから届けると言ったが、さしむけられた藩役人たちに押しとどめられた。城代家老・内本市九郎の指示だと言う。

(御家老は俺を人殺しとしか見ていない。武士としての矜持(きょうじ)もない者と決めつけているのだ)

胸の内の言葉を飲みこんで、承知したと笑ってみせた。

楠長十郎は前回同様、西に向かっている。

亀岡から綾部に抜けるには丹波高地を越えねばならない。丹波の里がはるか遠くに見えた時、背中に殺気を感じてふり向いた。ふたりの男が抜き身を手に駆けてくる。

「本荘藩から使わされた者たちか！」

ふたりの男は顔を見合わせた。一人は右手に刀を持ち、もう一人は左手に持っている。それぞれの利き腕に違いない。

「問答無用！」右利きが真上から刀をふりおろす。それをうしろに下がって空を斬らせた。

「認めたのだな」言い終わらないうちに左利きが胸の辺りを水平になぎ払った。それをまたうしろに飛びのいてかわす。楠長十郎は中段に構えて腰を落とした。右利きと左利きが円を描くように楠長十郎のまわりを走り始める。

「やぁ！」背中にまわった左利きが斜め上から斬りこんできた。刀をふり上げてそれを受け止める。脇から右利きが心臓めがけて突いた。楠長十郎はひらりとまわった。目の前の左利きががっくりと崩れ落ちる。右利きの突き出した刀が左利きの心臓を刺し貫いていた。

死体をまたいで右利きに迫った。あとずさりする右利きの頭上に刀をふりおろした。それを右利きが受け止めた……はずだったが刀は真っ二つに折れ、楠長十郎の刀が脳天にめりこんだ。

街道をふり返るが誰もいない。

「出てこい。あとをつけていたのは三人だった」

藪から黒覆面が現れた。目だけが覗いている。

「顔を見せろ」

「いずれな」

踵を返しては離れてゆく。

「俺なんぞ殺しても何も変わらないぞ」

「覚林がおびえる」……黒覆面の声はすでに小さい。

「覚林を見くびるな」と、叫ぶのをやめた。

(俺が死んでもおびえることなどない。恐れているのは象潟の景観を失うことだけだ)

三、信じた道

蚶満寺は仁寿三年（八五三）に慈覚大師が開創した。慈覚大師は美しい景色とこの地に伝わる神功皇后の伝説により皇宮山蚶満珠禅寺と名付けた。神功皇后は亡き夫・仲哀天皇に代わって政治をおこない、朝鮮半島の新羅・百済・高句麗を服属させる三韓征伐に出陣した。戦からの帰路、嵐により船が難破し象潟に漂着した。臨月だった神功皇后を象潟島に移したところ無事に皇子を出産。半年を象潟で過ごし都に戻った。神功皇后はその海を渡って戦を挑むほどの気性から潮の干満さえも意のままに操ると噂された。海に浸せば潮がひいたり満ちたりする干珠・満珠を持っているとの伝説が象潟に残っていたのだ。

象潟島・皇宮山蚶満珠禅寺の山門に従者を伴った田中有義が立った。竹垣が組まれ、両脇には六尺棒を持った門番が立っている。

近づいてくる田中有義と従者に対して門番のひとりが六尺棒をどんと地に突いて威嚇した。

「この寺は閉門中である。すみやかに立ち去れ」

誰にでも言う文句を使った。

「私は京の閑院宮家からの使者です」

閑院宮と聞いて目を泳がせた。

「どこの誰であろうと、通すわけにはまいらぬ。すみやかに立ち去れ」

もう一度六尺棒を突いた。

「この寺は閑院宮家の祈願所です。祈願をするために寺に入るのだ。ほかの者たちと一緒にされては困る」

田中有義は笑みを浮かべて静かに話している。

「ならぬ。ならぬ。誰も通してはならぬと命じられているのだ」

もうひとりの門番も一緒に六尺棒を突いた。

「それではその命じた者を連れてまいれ。私からよくよく言って聞かせればわかるはずだ。くりかえす。私は京の閑院宮家の使者である。この寺は祈願所であるため祈祷の準備にまいったのだ。そう伝えよ」

ひとりの門番が上役人に告げに走り、残された門番が視線をそらした。

空に向けた。

「大変なお役目じゃのう」

笑顔を向ける田中有義についうなずいてしまう。それに気付いて胸をそらし、また視線を中空に向けた。

少しして上役人が現れた。閉門謹慎を見張る現場責任者だ。

「話は伺いました。しかしわれらも役目上、お通しする訳にはまいりませぬ。今日のところは一旦おひきとり願いたい」

頭を下げてみせた。

「藩の存続に関わる瀬戸際であるが、その言葉、押し通すお覚悟か？」

浮かべていた笑みを消してにらんだ。

現場責任者はたじろいだが、踏みこたえて口を尖らせた。

「城代家老・内本市九郎様のご命令だ。通すわけにはまいらぬ」

ふぅと息を吐いて笑顔を向けた。

「立場はわかる。しかしここで意地を張るとお取り潰しになるやもしれぬぞ」

「お取り潰し？」

「閑院宮をはじめとする公家は天皇と一体である。以前はわれらが政をしていたが、鎌倉よりは武家の棟梁に征夷大将軍の任を与えて政をさせている。今は徳川殿に与えている。つまり公家は徳川幕府より上にあるのだ。本荘藩六郷家などははるか下の下……。おわかりか？　われらを粗末に扱えば本荘藩に災いがおよぶのだぞ」

遅れること数日、楠長十郎が閑院宮家の書簡を持って蚶満寺に到着した。夜を待ち、闇に紛れて境内に入り寺の戸を叩いた。

覚林は楠長十郎から経緯を聞き、本荘藩宛の書簡に目を通した。

「城代家老宛ではなく藩主宛としているのがいかにも桐の女房殿だ」

「格が違うとわめきながら書いたことでしょう。二万石の大名などは格下も格下と。これを書いている母の姿が目に浮かびます」

田中有義が弾けるように笑った。

「楠殿、私宛に母からの伝言はありませんでしたか？」

「しばらく象潟にとどまり、閉門謹慎処分の取り消しに奔走せよと」

「承知した。売られたけんかだ。とことん付き合おうじゃないか。閑院宮家をひ弱な公家と見くびっているなら後悔することになるだろう」

翌朝、田中有義と楠長十郎は二頭の馬で本荘城に向かった。

浜茄子(はまなす)の群生に白蓬(しろよもぎ)の綿毛が点在する。五月のあざやかな新緑の中に浜街道は伸びていた。象潟から金浦(このうら)、仁賀保(にかほ)、西目(にしめ)と抜け、本荘城下に入った。

北上する浜街道は子吉川で分断される。大河であるため橋がなく、渡し船が行き交っていた。子吉川が藩境になっていて川向こうは亀田藩二万石である。

田中有義と楠長十郎は騎乗のまま、子吉川沿いを内陸に向かった。

何艘もの船が見える。古雪湊(ふるゆきみなと)だ。北前船の寄港地として栄えている。大小の蔵が立ち並び、多くの商人や荷役がさかんに積荷を出し入れしていた。

賑わう城下町の奥、尾崎山(おざきやま)の上に本荘城があった。

田中有義と楠長十郎が奥座敷に案内されると、間を置かず痩身(そうしん)の老人が座った。

「城代家老・内本市九郎にございます」

「閑院宮家使者・田中有義です」

田中有義は楠長十郎を覚林の弟子であると隠さずに紹介した。

(刺客を返り討ちにする浪人とはこの男か)

内本市九郎がまばたきのない横目で観察した。

田中有義は本荘藩への返書を届けにきたと告げて桐箱の中から書簡を取り出した。それを目の前に広げ、内本市九郎を見据えたまま文字を追うことなく一言一句違わずに読み上げた。

要約するとそれには、閑院宮家が蚶満寺に提灯を下付したのは祈願所であるからで、覚林が謹慎中であるとかに関係ない。天皇および公家が国家の安寧を祈願することは古来、全国でおこなわれており、他藩では祈願所となったことを喜び寺を大事にしている。本荘藩でも同様であるように期待する。ところで覚林は以前より当家に出入りする者である。何故、謹慎処分にされるのか。閑院宮家の祈願所である蚶満寺および住職である覚林を大事にしないということは閑院宮家を粗末にすることと同じである。もしもそのようにお考えであるならば当家もそれなりの行動に出るつもりである。……後半は桐の女房が抑えきれずに書いた脅し文句だった。

「いずれご返書をお届けする。本日はこれにておひき取り願いたい」

「覚林の謹慎処分を取り消すまではここを動かない」

内本市九郎の指先が小刻みにふるえている。

「よろしい。謹慎処分は取り消し、見張りも解かせる」

即断してみせることで自分が仕切っていることを暗に示した。

田中有義はさわやかに礼をして奥座敷を出て行った。

近江屋の奥の間で鎌田藤七郎、工藤伝作、近江屋次郎右衛門が内本市九郎の前に平伏した。

「知っておろうが一〇日前に覚林の謹慎を解いた」

内本市九郎は無表情に話し続ける。

「覚林は公家をうしろ盾にしている。公家は天皇の親戚というだけで、働きもせずに立派な講釈だけはたれる」

まばたきのない目を向けた。

「覚林たちを相手にせず、新田開発を急げ」

けわしい表情でうなずいた。

「何か差し障りがあるのか？」

鎌田藤七郎は答えない。畏(おそ)れながらと工藤伝作が口を開いた。

「蛄満寺の閉門が解かれてから、他藩のお侍様や商人・町人が大勢、蛄満寺に参詣して、客人としてもてなされております」

「それがどうした」

「へぇ。その大勢の客人たちは蛄満寺で覚林の説法を聞くのでございます」

「ふむ」

「すると客人たちは人足に、どうか工事を中止してくれ、これ以上景観をこわさないでくれと懇願するのです。くる日もくる日も、お侍様も、商人も町人も。人足は工事をしていいのだろうかと迷い始めています。人足のほとんどは百姓で米をつくって生きています。米をつくることが家族にも世の中にも喜ばれると信じておりましたのに、田をつくってはいけないと毎日、毎日、大勢の人に言われ続けますと、無理に新たな田を開かなくてもいいのではないかと口にする始末で」

「新田開発の何が悪い。飢饉になってもわが藩だけは餓死者を出さぬ。米は藩財政の基盤である。工事はなんとしても続けねばならん。金を配れ。人足の賃金を増やすのだ。さすればおとなしくもとのように働く。一生懸命、新田開発したものには褒美を出すとも言え。先を争って鍬(くわ)を持って田を開くだろう」

鎌田藤七郎は首を横にふった。

「しかし、上乗せする金も、褒美にあてる金も藩にはないのです」

「出せ」

ふるえる指先を近江屋次郎右衛門に向けた。

「そんな。当初の予定以上に出しておりますれば、これ以上はご勘弁を」

「そうか。それでは致し方ない。別の商人に出させるしかあるまい。三万石の米商いの権利も拠出分に応じて分けることにする」

立ち去ろうとする内本市九郎に取りすがり、上乗せ分全額を近江屋が出すと泣き声をふり絞った。

文化一〇年(一八一三)五月、田中有義が読み上げた返書に対し、本荘藩は反論をおこなった。

【蚶満寺は田舎寺で貧しい寺である。よって閑院宮家の大事な祈祷をとりおこなうのは不可能だ。家紋付きの道具が粗末に扱われるのは疑いようがなく畏れ多いことである。かといって本荘藩が蚶満寺に警衛の番士をつける余裕はないから祈願所の件は差し止めてほしい】というものだった。

これに対して閑院宮家はさらに返書を送った。

【蚶満寺は象潟を抱えた由緒ある寺院である。それゆえ閑院宮家は祈願所としたのである。貧しい田舎寺であるとかは問題ではない。しかも蚶満寺住職覚林が上洛して参殿し、祈願所とすることが決まったのだから中止はあり得ない】というものだ。

これを田中有義が届けたあとに、覚林は最後の嘆願書を提出した。

【たとえ一部分であっても八十八潟の水面を回復し、これ以上の荒廃を防ぐために本荘藩の援助を依頼する】というものだった。

しかし覚林の淡い期待は粉砕される。本荘藩は検討することさえしなかった。

覚林と閑院宮家が論理的に押すのに対し、本荘藩はあくまでも従わず、閑院宮家の祈願所であることを示す立札を排除し、境内近くまで新田を開発するなど身勝手なふるまいを増やしていった。


本荘藩による実効支配の広がりが覚林を焦燥（しょうそう）させた。

文化一二年（一八一五）六月、覚林は田中有義、楠長十郎とともに京に向かった。

「覚林さんに、楠長十郎さん、お帰りなさいませ」

あたりまえのように那波九郎左衛門が店先で出迎えた。覚林がうしろを窺ったが、続くものはなかった。

「孫娘でしたら江戸でございます」

「江戸?」

「次男夫婦に店を出させましたよって、孫娘も江戸に」

「江戸で那波屋を?」

「そうです。両替商を切り盛りしております。幕臣やら旗本やらに金貸しして首根っこを押さえ、世の中をおかしゅうせんように見張らんと」

那波九郎左衛門は覚林に、江戸に行くことがあれば那波屋を頼るようにと助言してくれた。


数日後、那波九郎左衛門の先導で、覚林と楠長十郎が閑院宮家に参殿した。

「おぉ、覚林に楠木正成公の末裔、ひさしぶりじゃのぉ」

子供のようにはしゃぐ桐の女房の隣に田中有義が座っている。

「数日前、この手に息子を抱きしめたところじゃ。たくましく、頼もしくなって帰ってきた。きっと立派な家司になるであろう」

臆面(おくめん)もなくわが子をほめると、もうその辺でと息子がたしなめた。

覚林は本荘藩が最後の嘆願書を検討さえせず、実効支配を広げていると報告した。前夜までに田中有義からも詳細を聞いていた桐の女房はいよいよこれの出番かとある巻物を解いて広げた。その巻物を見ながら策を聞いた那波九郎左衛門が手を打って喜んだ。

「われらの勝ちじゃ、勝ち戦じゃ」

その場にいた者は、この老商人がこの男なりの戦をしていたのだと初めて気付かされた。

数日後、その那波九郎左衛門の遺体が鴨川の河原で発見された。背中を斬られていた。両替商の寄合（よりあい）の帰り道で襲われたらしい。

知らせを聞いて駆けつけた覚林は遺体のそばを離れなかった。

「私が頼ってしまったばかりに……私が殺したも同然だ」

遺体の身元確認に駆けつけた夫人に覚林は土下座した。

倒れそうになるのを従者に支えられながら夫人は首を横にふった。

「この人は覚林さんたちと一緒に戦ができると本当に喜んでおりました。決して巻きこまれたとは思っておりませんでした。むしろ、この人が焚（た）きつけていたようなものです」

夫人は従者の支えを離れ「どうかこの人のためにも信じた道を力強く歩いてください」と腰を折って頭を下げた。

楠長十郎はひとり歩きまわっている。覚林から止められても日の出とともに那波屋を出て深夜に戻るのをくりかえした。

那波九郎左衛門はかわいがってくれた。産みの親を知らない楠長十郎は勝手に父と思うようになっていた。

那波屋殺しで何か知っていることはないか、急に羽振りの良くなった者はないか、姿を消した者はないか。浪人や荒くれ者が立ち寄りそうな場所に顔を出しては情報を集めた。殺した者と命じた者を見つけ出す。命じた者は知れている。いつかの黒覆面だ。証拠はないが本荘藩の役人に違いない。必ず俺がこの手であだを討つ。

ひと月後、菩提寺(ぼだいじ)である東山(ひがしやま)の大本山東福寺(だいほんざんとうふくじ)・即宗院(そくしゅういん)で法要(ほうよう)が営まれた。

喪主は長男で京那波屋を継いだ三郎左衛門。江戸那波屋からは次男の五郎左衛門が、閑院宮家からは桐の女房と息子の田中有義が参列した。閑院宮家は法要にあたって江戸上野・東叡山(とうえいざん)寛永寺(かんえいじ)から二〇人の僧侶を呼び寄せた。

寛永寺の貫主(かんじゅ)は慣例により法体(ほったい)となった有栖川宮織仁親王(ありすがわのみやおりひとしんのう)の第四皇子・舜仁入道親王(しゅんにんにゅうどうしんのう)が務めている。大変近しい閑院宮家からの依頼を快諾してくれたのだった。

また寛永寺は徳川将軍家の祈祷所であり菩提寺である。那波屋の葬儀に寛永寺の僧侶が二〇人も駆けつけたと知れば、京と江戸に屋敷を置く大名が那波屋の威勢を思い知るだろうとの計算が桐の女房にあった。それが一番の供養と奔走したのだった。

那波九郎左衛門の盛大な葬儀が終わってひと月後、閑院宮家から本荘藩への最後通牒（さいごつうちょう）となる書簡が送られた。

【象潟は本朝の名勝である。よって閑院宮家は蚶満寺を祈願所とした。にもかかわらず本荘藩が立札を勝手に排除したことは閑院宮家を侮るふるまいであって許しがたい。また境内を侵犯し新田をつくらせるとは古跡を滅失させるだけでなく古来の寺領を略奪するものである。これは武家諸法度一四条で禁止していること。武家諸法度が認めないことを本荘藩はやっているのだ。これは徳川幕府に対する反逆である】

くわえて葬儀に寛永寺の僧侶二〇人が駆けつけたとの情報もあり、内本市九郎は包囲された感覚に陥った。

もしも武家諸法度に違反しているなどと幕府に不本意な形で伝われば、よくて国替え、悪くすれば改易（かいえき）・取り潰しに遭う。

内本市九郎は閑院宮家と書簡で争うことの限界を悟った。

最後通牒の送付から半年後、文化一三年（一八一六）四月、閑院宮家に本荘藩から覚林宛ての手紙が届いた。話し合いたいから一度帰国するようにと書いてあった。これは本荘藩の意向であるばかりでなく、藩領内の全寺院の意向でもある。主たるものが仲立ちをして折り合える妥協点を探ろうとするものであると書き添えてあった。

「覚林さん、これは罠ですよ」

田中有義は桐の女房よりも先に言いきった。

「はい。承知しております」

覚林は覚悟を決めている。

「楠木正成公の末裔よ。覚林を守れよ」

桐の女房は「頼む」と頭を下げた。

「そう那波九郎左衛門が言うておる」

「はっ」

楠長十郎は深々と平伏した。

四、こころの目

ふた月後の六月。江戸上野・東叡山寛永寺の一室で尼僧・純聴はここのところの日課に勤しんでいた。肩の油紙をはがし、絞った白布で傷口を拭く。替えの油紙に塗り薬をたっぷりのせ傷口に当てる。「うぅ」と男はわずかに声をあげるが目をあけたことはない。上から新しい包帯を巻く。盥の水に別の白布を浸して水を絞り、男の着物の裾をめくりあげて身体を拭いてやる。

高熱と江戸の初夏の蒸し暑さのために男の身体は寝汗で覆われている。

顔、首、胸、腕、純聴が男の身体を拭くようになって四日目になる。四三歳と聞いた男の身体は旅をしているせいか筋肉をまとっていて若々しい。

三一歳の純聴は一〇年前に出家した。

腿、脛、背中、意識混濁の状態が続くこの男の背中を拭きながら、ふと、今頃どうしているかと離縁した夫を思い浮かべた。

廊下の足音が近づいてくる。純聴は男の着物の前を合わせ上掛けをのせた。

「おはようございます」

障子をあけて入ってきたのは楠長十郎だった。

「おはようございます」

純聴も返す。楠長十郎が瞳を窺う。純聴は肩を落として首を横にふった。

「傷口はだいぶ治ってきておりますが」

「一度も目をあけませんか」

「はい」

楠長十郎は「よろしく頼みます」と頭を下げて出ていった。朝、今時分に顔を出し、夕方、もう一度顔を出す日々を続けている。長い廊下の曲がり角まで見送って部屋に戻ると男の目があいていた。

「覚林様」

純聴の顔を見上げたがまた目をつむる。

「お水を飲まれますか?」

わずかにあごをひく。

「お口をあけて」

純聴は吸い飲みの先を唇の端に当てた。覚林はひと口水を飲んでまた眠ってしまった。

五日前、騒がしい音とともに覚林はこの部屋に寝かされた。楠長十郎を寛永寺に案内したのは江戸那波屋という商人だった。主の那波五郎左衛門は介助依頼に一千両を寄進したと貫主から聞いた。翌朝、顔を出した楠長十郎がそれまでの経緯を語ってくれた。


ひと月前、本荘藩からの呼びかけに応じて蚶満寺に戻った覚林に永泉寺(ようせんじ)から手紙が届いた。龍洞山(りゅうどうさん)永泉寺は本荘城の近くにある藩主・六郷家の菩提寺である。

開創は寛永一六年(一六三九)。たびたび火災に襲われたため災い除(よ)けに山門を築き、左右に金剛力士像(こんごうりきしぞう)を立たせた。肩から腹、脛から指先にいたるまで筋肉の鎧(よろい)に覆われている。目をむいてにらみつけ、今にも襲いかからんとする形相(ぎょうそう)に子供たちは足早に通りすぎた。不敵にも山門に石を投げたヤクザ者には夜、金剛力士がやってきて本荘浜の沖合二里まで投げ飛ばしたとの噂が広まった。幕末まで改築が続けられた山門は現代にその姿を残し、今も子供たちを怖がらせている。

永泉寺は僧録所でもある。藩内の僧侶全員の名簿を管理して、総代や勘定係などを決定する人事のほか、新しく僧侶として認める者の登録と、寺の住職の任免をおこなう。

永泉寺からの手紙には覚林を象潟・金浦・仁賀保の三地区の代表に推す声がある。これについて意見交換したいので永泉寺にお越し願いたいと書いてあった。象潟の景観保全に関して本荘藩との妥協点を話し合う上でも同業の僧侶たちからの支持は欠かせない。よって三地区の代表にとの期待に応えるべきであろうとも書き添えてあった。

覚林は楠長十郎を伴って永泉寺に向かった。

ところが蚶満寺を出てすぐに塩越村の光岸寺住職がふたりを手招きし、街道から見えない木陰でささやいた。

『永泉寺に行ってはならぬ。行けば捕えられる。蚶満寺の住職を罷免(ひめん)され、牢獄に押しこめられる。数日前からその手はずは整えられている』

覚林はそれでも象潟の景観保全の必要性を主張する好機であると永泉寺に向かおうとしたが、光岸寺住職と楠長十郎が押しとどめた。

覚林は蚶満寺に戻ることにした。

しかしすでに蚶満寺は藩役人たちに包囲されていた。それを遠くから確認したふたりは海沿いに酒田を目指すことにした。ふたたび鐙屋を頼り、北前船で京に行こうとしたのだ。

本荘藩の追尾は速く執拗だった。街道を早馬が行き交い、海岸から山間部まで数百人の勢子が追いたてた。羽前の吹浦に入っても追っ手は数を減らさない。早馬は酒田にまで足を伸ばしているように見えた。

覚林と楠長十郎は京を諦め江戸に向かう道を選んだ。吹浦から山に入り、山中を二日間さまよった。夜、追っ手の松明が何百も取り巻いた。ふたりは沢を歩き、崖を登った。そうして三日目にようやく追っ手をふり切り新庄に出た。新庄からは羽州街道を南下して、山形・上山・米沢と急ぎ、福島・郡山を駆け抜けた。

あすは江戸という日の夜、一夜の宿に借りた荒れ寺に刺客が踏みこんだ。

相手はふたり。足音に気付いて楠長十郎は刀を静かに抜いた。覚林を起こし、声をひそめて刺客がきたことを告げる。覚林は部屋の隅に身を寄せた。

襖を蹴飛ばして庭におりた。月明かりの下に刺客を誘き寄せるためだ。ふたりの刺客が庭におりてきた。

(こうしている間にうまく逃げてくれればいいが……)

『えい』ふたりをひきつけるために斬りこんでゆく。

『やぁ』歯が立たぬほどに強いと思わせてはならない。覚林に向かってしまうからだ。あまりに弱いと思われても、ひとりに任せて向かってしまう。ふたりで立ち向かえば勝てると思わせてひきつけねばならない。

ふたりの刺客が月明かりの下でくっきりと姿を現した。

ひとりは鉢巻たすきがけで十分に仕度をしてきたと見える。もうひとりは女物の着物をだらしなく着て、化粧をした傾奇者（かぶきもの）だった。

鉢巻が正面から打ちこんでくる。それを右に左にかわしながら立ち位置を変えてゆく。正面に鉢巻を見据えながら背中で傾奇者の殺気を測る。

傾奇者が刀をふりおろす。その殺気を感じてふり向きざまに刀を横にふった。傾奇者の袖が切れた。

覚林が残っているはずの部屋を背にして、庭で刺客ふたりを正面に見据えた。鉢巻が真上からふりおろすのを渾身の力で跳ね上げる。鉢巻の刀が宙に飛んだ。追いかける背中を斬り裂いた。前のめりに倒れた鉢巻を仰向けにしてとどめを刺した時、悲鳴が聞こえた。

廊下を逃げる背中に傾奇者の刀がふりおろされた。楠長十郎が横になぎ払って両足を斬り落とす。傾奇者が前に倒れ、手に持った刀の先が覚林の左肩に食いこんだ。

楠長十郎は喉元に刀の先を当て、命じた者の名前を言えと迫った。しかし傾奇者は首をふるばかりだ。脇で覚林が気を失っている。楠長十郎は喉笛(のどぶえ)に刀を突き刺し、絶命させた。敷布をひき裂き肩を巻く。覚林を背負い、上掛けをのせて白み始めた街道に出た。

(絶対に死なせない)

楠長十郎は江戸を目指して駆けだした。

昼下がり、江戸に入ってすぐに江戸那波屋に駆けこんだ。覚林を中に寝かせて医者を呼ぶと言ってくれたのを断り、寛永寺に案内してくれるように頼んだ。ここで治療を続ければ刺客が押し入り、那波五郎左衛門とその家族に危害がおよぶ。そんなことになっては亡き那波九郎左衛門に申し訳が立たないと言うのだ。覚林を背負い、ふらふらになりながらも楠長十郎はそこにこだわった。

寛永寺まで付き添ってくれた那波五郎左衛門に見せたいものがあると懐から包みを取り出した。

『これが覚林と俺をいつも助けてくれる』

油紙を広げると中に手紙が入っていた。

『それは父が書いた……』

うなずいて静かに読み始めた。

『この覚林と楠長十郎は京の両替商・那波屋にとってとても大切な人である。もしもふたりのどちらかが助けを求めたならば、どうか力を貸していただきたい。それによる費用・損害の一切はこの那波九郎左衛門が何倍にもしてお返しいたします。……このように書いてくれている。われらはこの手紙によって何度も救われた。これからもお守りとして持っていてよろしいか』

『どうぞ。お持ちください』

那波五郎左衛門は父の気概に触れ、自分もそうあらねばと拳を握った。


純聴は覚林の口元を白布で拭いた。吸い飲みを手にしてみても、眠ってしまって飲むことはないだろう。吸い飲みの先を自分の唇に触れさせてみる。廊下で音がして脇に置いた。

「朝食の支度が整いました」

小僧が障子を少しあけてふたり分の朝食を差し入れた。純聴が礼を言ってお膳を受け取ると足早に立ち去った。

「お食べになられますか?」

毎朝、言葉をかけてみるが返事はない。

「毎回、覚林様の分まで食べていては純聴が肥えてしまいます」

小さくひとりごとを言ってくすりと笑う。

その時、覚林の口元がわずかに動いた。純聴は耳を近づけた。

「かあさま」と聞こえた。純聴は覚林の手を握り、その手を袈裟（けさ）の中の乳房に触れさせた。純聴は覚林の耳元で「かあさまだよ」とささやいた。


楠長十郎は那波五郎左衛門の計らいで寛永寺近くの宿に滞在している。日の出とともに起きだして覚林を見舞ったあと、浅草言問通りにある本荘藩下屋敷の出入りを見張る。昼過ぎからは下谷北稲荷町にまわり上屋敷の近くで同じことをする。日によっては逆にまわり、誰がどの時刻に出入りするかを観察した。

覚林を寛永寺に担ぎこんだ夜からかぞえて五日目の夕刻、下屋敷に入る男の背格好を見て確信した。三度にわたり刺客を放ち、京で那波九郎左衛門を惨殺し、江戸近郊で覚林に大けがを負わせた。刺客を操っていた黒覆面の男はあの者に違いない。楠長十郎は日没後も宿に戻らず、男が下屋敷から出てくるのを待った。

隅田川沿いに柳が植えられている。枝垂れ柳の葉が風に揺れる。月のない暗い夜だ。男は提灯も持たずに出てきた。


いつもなら顔を出す夕刻になっても楠長十郎は現れなかった。きっかけを失って純聴は覚林のそばを離れられずにいる。

「かあさま」朝方よりも力があった。額に汗が浮かび、高熱にうなされて顔を左右にふった。手の指を開いて空を掴もうとする。そのたびに手を自分の乳房に触れさせた。

「行かないで」閉じたままのまぶたの端から涙が伝う。幼い頃に生き別れたのだろうか、頬に唇を寄せて涙を吸った。よしよしと頭をなで、胸をなでる。子守唄を小声でうたい、拍子を取るように腹の上に指をおろした。

「かあさまはどこにもいかないよ」

純聴がささやくと覚林は安心したように眠った。

生きていれば一一歳。純聴は亡くなった子供の顔を思い出した。子供の死をめぐって夫婦に溝ができ、それを最後まで埋められずに離縁した。

男は浅草界隈を迷いなく歩く。飲み屋にも飯屋にも立ち寄ることなく、森に覆われた暗がりに近づいてゆく。浅草寺の境内を横切ろうとしているのか。辺りに灯りはなく月もない。男の背中に声をかけた。

「ひさしぶりだな」

ふり向くがすぐには姿を捉えられない。

「ここだ」と足元の小石で音を立てた。

「誰だ」

「お前が何度も殺そうとした俺だよ」

首を横にふる。

「知らない。人違いであろう」

背を向けて歩き出した。

「覚林は生きているぞ」

足を止めてしまう。

「かたをつけよう。俺を殺せば覚林を捕えるのはたやすいぞ」

楠長十郎が刀を抜くと、男も抜いた。

純聴が目を覚ました時、障子の外は明るかった。昨夜、くりかえし子守唄をうたった。あのまま朝まで眠ってしまったらしい。小鳥のさえずりが聞こえる。廊下を走る音は小僧たちの雑巾がけだろう。遠くから読経も聞こえた。自分も行かねばならない。

立ち上がろうとした時、裾をひかれた。驚いてふり向くと目をあけていた。

「気づかれましたか」

視線が空中を漂う。

「私は死んだのですね」

ほっとしたような顔をした。

「死んでよかった」

「どうして?」

「かあさまに会えたから」

純聴は覚林を抱きしめて唇を重ねた。

「どなたです?」

目の焦点が合っていた。

「寛永寺の尼僧・純聴と申します」

優しくほほ笑んだ。その顔をどこかで見たような気がするが思い出せない。廊下を近づいてくる足音がある。

本荘藩下屋敷に関根豪ノ助死亡の知らせがもたらされ、江戸家老・六郷大学は次々に報告にくる者たちから仔細を聞き取った。六郷大学の家系は藩主・六郷家の分家である。

内本市九郎は江戸家老に保守派の領袖・六郷大学を指名した。象潟開墾をはじめとする改革推進のために保守派の力を削ぐ思惑があった。

昨夜、下屋敷に関根豪ノ助を呼び寄せたのは六郷大学だった。内本市九郎を必ずしもよく思っていないと知り巨体を折り曲げて、関根豪ノ助ほどの人物を粗略に扱う気が知れないと持ち上げた。気を良くした関根豪ノ助がそれまでの経緯を詳細に語った。

内本市九郎からの指示により江戸近郊で刺客を送り、覚林にけがを負わせることはできたが生死はさだかでない。江戸那波屋にかくまわれている気配はない。なぜなら用心棒が出入りしていないからだ。江戸那波屋の近頃の噂を集めてみたところ、上野の寛永寺に一千両もの寄進をしたことがわかった。何か関係のあることかも知れないので、小僧に金を握らせてここ数日調べさせている。

そう経緯を報告して帰った関根豪ノ助が浅草寺境内で脳天を割られて死んだ。抜刀していたので、ふいを襲われたのではなく斬りあった末のことらしい。

事情聴取にきた町奉行には、心あたりがない。強盗か辻斬りの類に出くわしたのではないか。ぜひとも下手人を捕えてほしい、と答えておいた。

六郷大学は目を閉じた。寛永寺の小僧と次に会うのはいつだったか……昨晩の会話を思い出そうと試みるのだった。

覚林の意識が戻って五日目、部屋は笑い声にあふれた。

「そうか。嬢ちゃんはここのつになられたか」

嬢ちゃんは覚林がなでる手を頭の上から払いのけた。

「ここのつではなくて九歳です」

薄化粧のほほ笑みを返す。

「すっかり大人のおなごですなぁ」

覚林が合わせると満面の笑みだ。

「かくりんも惚れなおすか?」

「いかにも」

「そしたら純聴さんの負けや」

恐い顔で見る。

「負けた者は退散いたします」

純聴はおどけてみせて部屋を出た。

「もうすっかりよろしいのですか?」

那波五郎左衛門が肩を見た。

「ええ。痛みはだいぶひきました。助けていただきありがとうございました」

覚林は上体を折って辞儀をした。那波五郎左衛門は照れたように顔の前で手を横にふる。

「長十郎から仔細を聞きました。私のために高額な寄進までされたそうで、なんとお礼を言ってよいやら」

「死んだおじいの言い付けやから」

孃ちゃんが訳知り顔で口をはさんだ。

「江戸に店を出すにあたって父から言われたのです。那波屋を頼ってきた方を親身になって力添えするようにと。特に覚林様と楠長十郎様のなさっていることはこの国で初めてのことだから、那波屋の続く限り後押しせよと」

嬢ちゃんがおじいの真似をしてつぶやく。

「覚林さんは大名と戦をしているのや。勝てるように那波屋が味方するのや。……おじいはうれしそうやった」

浅草寺の表参道の両側には団子屋、煎餅屋、水菓子屋、蕎麦屋、饂飩屋、饅頭屋などが軒を並べている。団子屋の縁台に六郷大学が座って茶を飲んでいた。脇で小僧が団子をほおばっている。

「うまいか」

「うん」

「それで?」

「それからその嬢ちゃんは三日に一度くらい覚林の部屋に遊びにくるようになった。最初は父親と一緒だったけど忙しいのかな、三度目からは店の使用人がついてくるようになった。毛むくじゃらの侍は朝と夕方あいかわらず毎日、顔を出すけれど嬢ちゃんと一緒にいることはない。嬢ちゃんはあの毛むくじゃらが苦手だと言っているのを聞いたことがあるから、気を使っているのかも」

注文した団子が出てきて、ほおばってむせた。六郷大学が自分の茶碗を渡してやると、受け取って流しこんだ。

「覚林のけがはすっかり治って、長い廊下や広い庭を毎日たくさん歩いている。隣にはいつも純聴という尼僧がいる。あのふたりは恋仲なのだと年長の小僧たちが噂していた。……もうそろそろ帰らなくちゃ」

小僧の手に紙に包んだ金を握らせた。礼も言わずに懐にしまうと「次は一〇日後の今時分に」と駆けていった。関根豪ノ助が死ぬ前に手なずけた寛永寺の小僧だった。

（ふん、内本市九郎をひきずりおろしてやる。……小僧、うまくやれよ）

六郷大学は人混みに紛れてゆく小僧の背中を見送った。


京の閑院宮家から覚林に手紙が届いた。田中有義からだった。手紙を読み終えた覚林が声をあげて泣きだした。

「いかがなされました」

「桐の女房様が亡くなられた」

「閑院宮家・家司の」

力なくうなずいた。

「どうして」

「ここのところ病のため臥せていたと、息子の田中有義殿は書いている」

純聴は嗚咽（おえつ）する背中をさすった。

「力添えをいただいた大事なお方と聞きました」

そうだそうだと何度もうなずく。

「それでは今後は？」

「息子の田中有義殿があとを継いで閑院宮家の家司になられるそうだ。そしてそれを機に田中有道と改名されるとのこと」

「田中有道」

「桐の女房様が本荘藩宛ての書簡に書いたご自分の名前です。その名前を有義殿が継いでくれる。つまり閑院宮家・家司・田中有道は今も生きているということです。象潟のことを思い、覚林のことを思ってのことでございます」

覚林は袂（たもと）で涙をぬぐうと、旅仕度をすると言いだした。那波九郎左衛門と桐の女房が命を削って支援してくれたのだ。こうしているわけにはいかないと。

部屋を出ようとする覚林を純聴が抱きしめた。

「私も一緒にお連れください」

「いけません。私は命を狙われている。一緒では純聴殿にまで危害がおよぶ」

「構いません」

「もうこれ以上、大事な方を失ないたくないのです」

「それは純聴も同じです」

「私は必ず戻ってまいります」

なおも純聴が何か言おうとするその口を覚林の唇がふさいだ。


六郷大学からの手紙で子飼いの関根豪ノ助が殺され、覚林が寛永寺で生きていると知った内本市九郎は矢継ぎ早に指令を出した。

まず永泉寺に圧力をかけ、蚶満寺住職から覚林を罷免した。さらには覚林の名を僧侶名簿から抹消し、僧侶の身分も奪った。たびたび寺を空にして住職の役目を果たしていないという理由だった。後任にはいずれ永泉寺の誰かをあてがうが当面は空席とする。したがって蚶満寺は空き寺である。祈願どころか法要もできない。よってふたたび閉門とした。

次に新田開発を急がせた。多くの米を収穫して人々の口を黙らせなければならない。

「働きの悪い工事人足は無礼討ちにしろ！」

海底だった八十八潟にどんなに大量の土を重ねても下から塩水がしみでてくる。米の穫れる土壌に改良するため莫大な費用を投じて水路をひいた。その水路を鳥海山の雪解け水が流れてゆく。本荘藩は島の切り崩しよりも潟の埋め立てと塩抜きに注力した。

さらに蚶満寺を捜索させ、覚林の書いた手紙、経典、卒塔婆(そとば)にいたるまで、すべてを庭に積みあげ燃やしてしまった。唯一、仏像の乗った箱礼盤(はこらいはん)の裏だけには気づかず、覚林の優しい文字は後世に残ることとなった。


父・政速の死により家督を継いで四年、六郷政純は一五歳になっていた。藩主とはいえ実際の政治は城代家老・内本市九郎が仕切っているため、絵筆を取って鳥海山を描いたり、子吉川を描いたり、百合や菊の花を描いて日々を送っている。

「また腕を上げましたな」

時折、内本市九郎がご機嫌伺いにくる。

「まだまだです。思うような線が描けません」

ほめられていないのを知りながら、精一杯の返答をする。

「今年の米の出来はどうでしょうか」

夏を過ぎて朝晩が涼しくなった。収穫の秋を目前にして飢饉の心配はないかという問いである。

「豊作と見こんでおります」

政純なりにまばたきのない瞳を窺って、どうやら真実のようだと判断し、それは良かったと笑顔を向けた。

「今度は何を描いているのです?」

自分なりの課題を決めて絵筆を取っていることを知っていた。

「生きものを」

「ほう。猫とか犬とか」

「そうです。動くものを描いてみようと思います」

「むずかしいでしょうなぁ」

うなずいてから窓の外を指さした。

「鳥でございますか」

「そうです」

その先の言葉を言わない。鳥になって城を抜け出し、語らい、何が求められているかを知りたい。求めに応じた政治をおこないたい。江戸にいる覚林にも会いたい。象潟がどうあるべきか、藩主がどうあるべきか、教えを乞いたい。しかし今はそれができない。だからせめて鳥を描きたいのだと。

「鳥かごに雀を入れて持たせましょう」

「いや。それは」

「雀はお気に召しませぬか」

「いえ、そうではありません。こころの目で見えていますから」

政純は笑顔を向ける。まるでこの私のようにかわいそうなことはしてくれるな……言いたかった言葉は飲みこんだ。

「こころの目で……そういうものですか」

内本市九郎は軽く頭を下げて出ていった。その背中を見送って、政純は文机の中から一枚の絵を取り出した。江戸藩邸にある象潟図屏風の縮小版の書きかけだった。

覚林は寛永寺の役僧と楠長十郎を伴って江戸を抜け出した。

寛永寺は天台宗の関東総本山だが奥羽も監督している。したがって寛永寺役僧と旅先の天台宗寺院に立ち寄れば、その地域はもちろん、遠く象潟の情報にまで接することができた。

「蚶満寺住職の座は空席になっている」

覚林は自分が罷免され、本荘藩から罪人・勘助として追われていることを知った。

「永泉寺の僧侶を後任に考えているようだ」

その報に触れて覚林は足を速めた。蚶満寺の住職に戻れないとしても本荘藩の言いなりにならず、景観保全に理解のあるものに住職になってもらわねばならない。力のある僧侶たちが賛同してくれれば、たとえ永泉寺であってもその意向に沿った人事をするほかないし、本荘藩がそれをくつがえすのは容易ではないはずだ。

覚林たちは象潟の南端、竜泉寺に姿を現した。

竜泉寺は蚶満寺の南二里にあり、和尚は幼少のころ、角館の常光院や松庵寺でともに修行に励んだ間柄だ。

「蚶満寺は京の閑院宮家の祈願所となった。本荘藩が勝手にできる寺ではなくなったのだ。あなたに住職になってもらいたい」

覚林は寛永寺の役僧とともに頭を下げた。

「覚林の想いは痛いほどわかる。しかしこの寺のこともある。悪いが住職になることはできない。かといって冷たく追い返すつもりもない。永泉寺側の僧侶が後任とならないように根回ししよう。できるだけ覚林の考えに近いものを据えるようにする。これでどうだ」

竜泉寺の和尚は誓紙を二枚書き、一枚を覚林に手渡した。

「一晩だけでも泊まってゆけと言いたいが藩役人がうろついている。悪いことは言わぬ。象潟から早く出たほうがいい」

覚林たちは感謝を述べて竜泉寺をあとにした。

浜街道を南下する。血のように赤い夕陽が鳥海山を染め、海を染め、九十九島を染め、八十八潟を染めて沈んでゆく。覚林もまた全身に血しぶきを浴びたように赤く染まった。

(傷ついた象潟が血を流して、もだえ苦しんでいるのだ)

策を練り直すため、覚林たちは江戸に戻ることにした。

内本市九郎は覚林が寛永寺の役僧を伴って現れ、蚶満寺住職の後任について運動をおこなったとの報告を受けた。

寛永寺の役僧たちはなにかにつけて幕府重臣と顔を合わせることが多い。その寛永寺役僧をはるばる象潟まで同道させるまでに覚林は存在感を大きくしている。

「江戸家老は何をしている。捕縛もできぬようなら罷免してくれるぞ」

内本市九郎は六郷大学に宛てて詰問・叱責の手紙を書いた。


純聴は覚林の語る象潟の美しさをうっとりと聞きながら、きっとこの人は生まれてくる時代を間違えたのだと思った。大名や役人の権威を恐れない人など見たことがない。田舎寺の住職でありながら京に上り、畏れ多くも公家などの貴族と対等に渡り合い、味方にしてしまう。洪水や凶作により飢饉の心配が尽きないこの国で、食料よりも景観を大事にせよと訴えている。きっと生まれた時代が早過ぎたのだ。この人にとってはあたり前のことが世間からすれば突拍子もないことに聞こえる。

「理念の前には貴賤（きせん）も貧富（ひんぷ）もない。美しい景観の保全とくらべれば、一時の空腹や大名の台所事情などものの数ではない。たしかに悲しいことではあるが飢饉で失なう命さえも象潟の美しい景観をこわす理由にはならないのです」

覚林はそう信念を持って語るのだ。純聴は愛しながら、この時代と折り合えない覚林の危うさが怖くてならなかった。

その覚林が笑いながら、楠長十郎という男は生まれてくる時代を間違えたと言う。戦国時代なら立派な侍大将になっただろう。律儀な性格と剣術の腕をもってすれば人の上に立つことはあっても浪人の身となることはなかった。

そもそもあの男は亀田藩という小さな藩の剣術指南役助手だった。おとなしくしていれば家を守ることができたものを、職を捨て、家を捨て、身ひとつで象潟にやってきた。その上今の時代に剣を道具に生きている。命を削ることが生きがいとでもいうように、私のまわりにいて私を守るために自分の身を危険にさらしている。あの男なりに誓いがあるのだろう。それはきっと見たこともない両親への誓いなのだと思う。私もあの男と似た境遇だからわかるのだと、空を見上げた。


小僧が六郷大学の横で団子をほおばった。

ふた月ほど姿を消した覚林が役僧とともに戻ってきて、その日から毛むくじゃらも寛永寺の一室に寝起きするようになった。

覚林は時折、伽藍(がらん)に現れ、多くの僧侶を前に象潟で起きている景観破壊の実情を説明し、新田開発の中止を訴えているという。むずかしい話はわからないが年長の小僧たちは皆、賛同しているようだと、すまなさそうな顔で教えてくれた。

孃ちゃんもふた月ぶりに姿を見せ、突然姿を消した覚林に怒ったり、甘えたりしている。その時は毛むくじゃらと尼僧は遠慮して部屋に近づかないらしい。

文化一三年（一八一六）の夏から一五年（一八一八）の夏までの二年間を寛永寺で過ごした。それは象潟を思う覚林にとっては焦燥の日々だったが、純聴との触れ合いによる穏やかな日々でもあった。

『深川祭りには孃ちゃんとふたりで出かけるみたい』

小僧のうしろ姿を見送った六郷大学は懐から紙を取り出すと「吠え面をかかせてやる」と、ひきちぎって風の中にばらまいた。内本市九郎からの詰問・叱責の手紙だった。

深川祭は三代将軍・徳川家光の命により始まった祭りで毎年夏におこなわれている。暑さ除けに神輿の担ぎ手に沿道の観衆が水をかける風習が伝わっていることから「水掛け祭り」の別名もある。

浴衣(ゆかた)姿の嬢ちゃんが覚林の手をひっぱって神輿を追いかけて行く。

同じ時刻に寛永寺では小僧が純聴に覚林の言付けを伝えていた。

「部屋に忘れた嬢ちゃんのかんざしを持って深川祭りにきてもらいたい。富岡八幡宮の境内で待っている」

部屋に行くとたしかにかんざしがあった。

五、光の射す方へ

炎天下、水掛け祭りは大詰めを迎えていた。

びしょ濡れの担ぎ手と観衆がひしめきあって富岡八幡宮に向かい、威勢のいい掛け声と手拍子に見送られて神輿が奉納された。今年も無事に終わったと観衆が散ってゆく。

そのとき手を繋いでいたはずの嬢ちゃんの姿が見えなくなった。

「覚林！」と呼ぶほうをふり向くと、担がれてゆく嬢ちゃんがこちらに「助けて！」と叫んでいる。覚林はあとを追った。しかし多くの見物客が先をふさいで遠ざかるばかりだ。嬢ちゃんを担いだ男は境内を取り巻く森の中に姿を消した。

いつの間にか覚林の脇に楠長十郎がいる。ふたりが中に入ると、さきほどまでの賑わいや雑踏はまるで嘘のようで、暗く、静かな森が広がっていた。

「覚林、こっちよ」

嬢ちゃんの声を追って奥へ走った。小さな社があった。そこに侍が一〇人も並んでいた。侍のひとりが嬢ちゃんを捕まえている。驚いたことに隣には縄をかけられた純聴がいた。

「嬢ちゃん、純聴、けがはないか」

ふたりはうなずいた。楠長十郎が刀を抜こうとするのを覚林が止めて、一歩進み出た。前に巨体の交渉相手がいる。本荘藩江戸家老・六郷大学だった。

「覚林、いや罪人・勘助。おとなしくお縄につけばこのふたりは還してやる。嫌だと言うならふたりともこの場で斬る」

侍たちが抜刀した。ある者は嬢ちゃんに、ある者は純聴に、そして多くは楠長十郎にその刃先をむけた。

「わかりました。お縄につきます。ですからふたりを解放してください」

六郷大学が首をふる。

「ふたりを逃がしたら、その毛むくじゃらが斬りこんでくるに決まっている」

六郷大学は刀を前に放り投げろと言った。楠長十郎が拒んだままでいると覚林が近づき、

「すまぬ」と言って脇差を取りあげてしまった。

「これを持って私がそちらに行く。ふたりを放しなさい」

「いいだろう」

覚林が歩き始める。嬢ちゃんと純聴は刀を突き付けたふたりの侍と歩いてくる。やがて出合うとふたりの侍は覚林の両腕を捕えた。「こんなことになって申し訳ございません」と純聴が詫びると覚林は首を横にふった。

覚林は六郷大学のもとに、嬢ちゃんと純聴は楠長十郎のもとにたどりついた。

「まっすぐ帰れば刀は寛永寺に届けてやる。おかしなまねをすればこの刀で勘助の首をはねる」

「こんな悪行を奉行所が許すはずがない」

「罪人一味の言うことなど誰が聞く」

六郷大学は覚林の抱えていた刀を取りあげさせ、縄をかけて薄暗い森の中に消えていった。


元号「文化」は元年（一八〇四）の象潟大地震に始まり、覚林捕縛の一五年（一八一八）で終わる。

元号は「文政」に改まった。

文政元年（一八一八）九月、ふた月をかけて覚林は本荘城の牢獄に移送された。本荘藩には京の閑院宮家、江戸の寛永寺、京と江戸の那波屋から覚林を解放するようにとの申し入れや嘆願が数多く届いたが、内本市九郎はすべてを無視した。

地下牢に閉じこめられてひと月程経ったある日、内本市九郎が声をかけた。

「命を惜しめ。お前の話を聞く多くの村人がいる。新田開発に賛成だと言えば、皆喜んで鍬や鋤(すき)を持って潟を耕すだろう。そうすれば三万石の米が増やせる。領民も飢えの心配がなくなるのだ。どうだ、領民のために賛成してくれぬか」

いつの間にか内本市九郎が頼みこむようなことになっている。

「私の命など象潟の景観にくらべれば些細(ささい)なものです。私が生きようと死のうと象潟の景観は守らなければならないのです。どうか工事をやめてください。百年後、二百年後のためにどうかご英断を」

「気が変わったら声をかけなさい」

毅然と訴える覚林に内本市九郎は背中を向けた。

訪ねてくる者がほかにもあった。八代藩主・六郷政純だ。

「覚林、ちゃんと食べているか」

一七歳の色白の青年が四四歳の日焼けした男の体調を気遣った。

「心配にはおよびませぬ」

「ほとんど口をつけていないではないか」

膳を見て叱るような声を出す。

「身体を動かさないのですからこれでよいのです」

出歩くことをよく思われない政純にそれはよくわかった。

「覚林に見てもらいたいものがある」

背中に隠していた絵を広げて見せた。

「おぉ。象潟図屏風でございますね」

「そうだ。だいぶ、こぶりだがな」

「大変よく描けています」

「そうか」

太い木枠の中で覚林が笑ってうなずくのを政純は子供のように喜んだ。

「そうか、そうか、上手に描けているか」

「はい。昔の象潟と同じ景色です」

「江戸の上屋敷にあった象潟図屏風を思い出しながら描いたのだ」

「ほう。何も見ずに」

「そうだ。参勤交代で江戸を発つ前にこころの目に焼き付けてきたのだ」

「そうでしたか」

覚林は晴れやかに笑って政純を見つめる。

「私と同じでございますな」

「何がだ」

「こころの目……でございます」

「覚林のこころの目には何が焼き付いているのだ」

「象潟の九十九島、八十八潟と蚶満寺はもちろんのこと、象潟の人々、京と江戸でお世話になった方々のお顔がこころの目に焼き付いております。ですからさびしくも苦しくもございませんん」


楠長十郎が江戸那波屋に居所を移したのは頼まれてのことだ。あの事件以来、嬢ちゃんが怖がって夜、眠れなくなった。

毛むくじゃらの楠長十郎が寝ずの番で見張っていると、母親が言って聞かせるとようやく寝息を立てた。

連日、楠長十郎は本荘藩の江戸屋敷を見張っている。本荘藩邸は警戒を強めているのがわかる。特に六郷大学が外出する際には五・六人の侍が取り囲んでいる。辛抱強く尾行を続けたところ護衛の数をひとりにして通う屋敷があることに気づいた。妾（めかけ）の屋敷らしかった。夕暮れに屋敷に入り、日の出とともに女に見送られる。夕暮れは護衛がひとりいるが、朝は誰もついておらずひとりで帰るのだった。

純聴はひとり本荘を目指して歩いていた。覚林を救い出すと嬢ちゃんに約束して江戸を発った。やっと授かった子供を亡くし、そのことを夫に責められ、すべての縁を断ち切って仏にすがった。もう誰かをいとしく想うことなどないと思っていた。でも、そんなこころが自分にも残っていたと覚林様が教えてくれた。これは仏のお導きなのだ。仏は愛する者を牢獄から救い出せと命じておられるのだ。大切な人の命が危険にさらされている時に祈るだけでは何も変わらない。いとしい人を救うためならば磔（はりつけ）の刑も甘んじて受けるだろう。

政純は覚林に父を重ねていた。父・政速とは親子らしい会話をした記憶がない。そうしたいとどちらかが思っても次第に藩主の心構えのような話題に転じてしまった。

「覚林に兄弟姉妹はおるのか?」

政純の前で覚林は笑うことが多い。青年の心根の美しさがほほ笑みをひき出してくれている。

「覚林にはわかりません」

「わからぬとはどういうことだ」

それに答えず問い返した。

「政純様には兄弟姉妹はいらっしゃいますか?」

「兄がふたりいる」

「政純様にはお父上もお母上もおいでですか?」

「あたり前だ。父母のいない子などおらぬ」

「ここにおります」

穏やかな笑みを浮かべている。

「どういうことだ」

「先代の蛸満寺住職の話によれば、私は粗末な布に巻かれた赤ん坊だったそうです。嵐でもない日に私を乗せた小舟が象潟島に流れ着いたのです。子供のいなかった住職夫婦は天からの贈物と喜び自分たちの子供として育てました。ですから私は自分の産みの親が誰か、どこにいるのか、生きているのか死んでいるのかもわかりません。私より先に生まれた子がいるのか、あとに生まれた子がいるのかもわかりません。兄弟姉妹がいるのかわからぬと申しあげたのはこういう理由でございます」

政純は悪いことを聞いてしまったと詫びる様子だ。

「私を小舟に乗せたのは誰でしょうか。子供の頃の私はこの話を聞いて、産みの親に捨てられたとすねておりました。捨てた親を恨みました。鬼、悪魔と呪いました。しかし修行を重ねて少しは他人の気持ちがわかるようになると感謝するようになれたのです」

「捨てた親に感謝を?」

「はい。子供を育てられない理由など山ほどある世の中です。よくぞ殺さずに小舟に乗せてくれたと感謝する気持ちになったのです。小舟は象潟島の少し沖を漂っていたそうです。それを先代の住職が腰まで海水に浸かり小舟ごとひきあげて、私を抱きあげてくれたのです。運が悪ければ小舟は外洋に流されていたかもしれません」

「九十九島、八十八潟が産みの親なのだね」

「はい。目の前で自分の父母が傷付くのを見たい者はいないはずです」

「いかにも、そうじゃ」

政純は足早に立ち去った。


角を曲がって見えなくなるまで女は見送る。

それが毎度のことであるとわかっている。せめて見えなくなってからと、ヒゲを掻きながら角の先で夜明けを待った。

朝もやがまとわりつくように広がっていた。朝日が昇り、急速に明るさが増す。鳥が鳴き、あちこちで雨戸の開く音が聞こえる。

角を曲がった先、朝もやの中に立つ楠長十郎に気付いて、六郷大学は刀を抜いた。

「内本市九郎がいる限り、どちらが死んでも何も変わらないぞ」

上段に構えてにじりよる。楠長十郎は動かない。

「本荘藩によって命を削られた者たちの弔いだ」

刀を顔の右側に立てる八双の構えをとった。

六郷大学が上段からふりおろす。右にまわりながら楠長十郎の刀が上から叩く。六郷大学は跳ね上げ踏みこんで横になぎ払った。切っ先が襟元を斬り裂く。

楠長十郎が上段からふりおろしたのをガッシと鍔元で受け止めた。ひと呼吸あって六郷大学は身体ごと押してくる。それを踏みこたえる。巨体が肩で息をする。六郷大学がもう一度押しこんで両者が離れた。

うしろに飛びのいた楠長十郎を追って刀を突き刺す。その刀の先は右腕の袂を突き抜けた。袂に刀を刺されたまま楠長十郎は左手で六郷大学の右手首を掴んだ。身体の伸びきった六郷大学はそれをふり払う力がない。左手で顔をかばうように指を広げたが、その手のひらを斬り裂いて楠長十郎の刀が眉間を割った。巨体が前のめりに倒れる。楠長十郎の袂を刀が音を立てて斬り裂いて落ちた。


本荘城・藩主の間で、六郷政純は内本市九郎と対座した。

「覚林のことだが」

予期していたがまばたきのない目に不快が表れてしまう。

「罪人の勘助ですな」

それにうなずかずに政純は続けた。

「牢から出しても差し障りはないのではないか」

政純はまっすぐに斬りこんだ。

「罪人を放免して差し障りがないとは」

「覚林がどこにいて何をしようと象潟の新田開発工事は続けるのであろう」

「いかにも」

「ならば牢に閉じこめておく必要はない」

「罪人でございますので」

内本市九郎は小刻みにふるえる指先を固く握って隠した。

「お前に言わせればこの私も罪人だな」

初めてお前と呼ばれてたじろいだ。しかしそれを一切見せずに次の言葉を待った。

「さがれ」だった。


純聴の目の前に天造の地・象潟の九十九島、八十八潟が広がっていた。ふり返れば鳥海山が屏風のようにそそり立っている。

これが覚林様の言われていた象潟の景色なのだ。

地震のために隆起して八十八潟は陸地となり草が生えているが潟湖であったことが容易に見て取れる。もしもこの潟跡に水をたたえたなら、それはきっと西行法師や松尾芭蕉が眺めたのと同じ景色だろう。この景色を守るために覚林様は命をかけているのだ。私も命がけでお救いせねば。

純聴は毎朝、本荘城の表門で覚林の解放を訴えた。日参することで捕縛されたら牢獄で会えるのだと覚悟を決めている。

いつもと同じように門番に追い払われた純聴に楠長十郎が声をかけた。

純聴が語ったところによれば、一年以上暗がりにいる覚林は失明状態に近く、やせ細り歩くこともできないらしい。覚林の様子を教えてほしいとすがる純聴に門番がつぶやいたのだ。さらに門番は覚林に影響されて藩主の政純様まで食事を控えるようになったと腹立たしそうに吐き捨てたという。

文政四年（一八二一）、六郷政純は二〇歳になった。亡き父の遺言に従い、後見役を置かず政治ができる年齢に達したのだ。

しかし政純の身体は病魔におかされていた。領内の巡視はおろか、地下牢に押しこめられて三年が経過した覚林を見舞うことも、起きあがることもできずにいた。血の病だろうとの医師の見立てだった。

城代家老・内本市九郎は手早くことを進めた。政純の兄・政芳の長男で一〇歳の政恒を政純の養嗣子とした。政純が亡くなって幼い政恒が九代藩主となれば自分が後見役としてひき続き政治をおこなうと宣言したに等しかった。書類を揃え、徳川幕府に届け出て許された。

二年前、門番が手招きして中に入れてくれたことがあった。縁台に色白の青年が腰かけていた。

『覚林様を解放してください』

首を横にふった。

『どうしてです』

『今の私には何もできない』

『藩主でありますのに』

『すまない』

政純は頭を下げた。

『あなたのことを覚林に伝えます。毎日、解放を訴えに表門にきていると』
『覚林様に会わせてください』
首を横にふってため息をついた。
『それでは私を同じ牢獄に押しこめてください』
政純は立ち上がって門番たちに目配せをした。
純聴は土下座して砂利に額をこすりつけた。
『いつまでもお待ちしておりますとお伝えください』
『わかりました。かならず伝えます』
純聴は門番たちによって城外に追われた。
『二〇歳になるまでお待ちくだされ』
純聴の背中に政純は小さく投げかけた。

文政五年（一八二二）夏、六郷政純は息をひきとった。
享年二二。早すぎる死だった。

政純が亡くなって四ヶ月後、地下牢で寝たきりの覚林は笑顔を浮かべていた。寝言だろうか、小さなささやきも聞こえるようだ。


覚林の前に養父母である先代の住職夫婦が姿を現した。

「お育ていただきありがとうございました」

覚林は胸の前で両手を合わせた。住職夫婦は何も言わず、笑顔でうなずいて消えた。

次に那波九郎左衛門と桐の女房が姿を現した。

「お力添えをいただきありがとうございました」

覚林が腰を折る。

「なんのなんの」

那波九郎左衛門は顔の前で手を横にふった。

「大名との戦は面白かった」

桐の女房は扇をふって笑った。

「戦は続いていますよ」

田中有道の名を継いだ有義がそれにくわわった。

「店の続く限り力添えいたします」

那波五郎左衛門が笑う。

一三歳になった嬢ちゃんは、つんとすましている。

「私の嫁入り姿を見ないつもりか」

嬢ちゃんは覚林をにらんで消えた。

代わって六郷政純が姿を現した。

政純は背中に隠していた絵を広げて見せた。

象潟図屏風だった。政純は大きくうなずいて消えた。

純聴は泣いている。

「いつもそばにおります」

「私もです」

覚林は優しくほほ笑んだ。

毛むくじゃらの顔からポロポロと大粒の涙がこぼれている。

「俺をおいてゆくのか。覚林、お前の想いを成就させずに死ねるのか。象潟の景観を守るのだろう。まだゆくな。俺たちをおいてひとりで逝くな！」

「そう言われても。ほれ」

覚林は光の射す方を指さした。

そこに見たことのない若い夫婦が立っていた。

妻の顔は純聴に似ていた。

「産みの親が迎えにきてくれたのだ。ゆかぬわけにはまいらぬよ」

覚林は晴れやかに笑って楠長十郎と純聴に手をふった。


文政六年（一八二三）正月。永泉寺を詣でた城代家老・内本市九郎は坂道を登り、敷地の一番奥にあるお霊屋（たまや）をひとり訪ねた。

年賀の恒例だった。

お霊屋の屋根には雪が積もっていた。中には歴代藩主の墓石が並んでいる。

内本市九郎は初代・六郷政乗公の墓前に手を合わせてから、七代・政速と八代・政純の墓の前で手を合わせた。線香を一本ずつ供え、数珠（じゅず）を鳴らして頭を下げた。

その時、墓から声がした。

「お前もこちらにこい」

「えっ」

驚いて立ちあがる内本市九郎の前に毛むくじゃらの浪人が現れた。

「狼藉者だ。出合え！」

お霊屋を飛び出す背中に刀がふりおろされた。

「ぎゃぁ」と叫びながら内本市九郎は刀を抜いてふり返る。

墓の裏から現れた毛むくじゃらに見覚えがあった。

「おぬしは覚林の弟子」

「いかにも覚林の弟子の楠長十郎である」

永泉寺山門の金剛力士と化した楠長十郎が気合とともに刀をふりおろすと、大きく口をあけた内本市九郎の首が坂道を転がり落ちていった。

まもなく、象潟の新田開発は頓挫した。

藩主・政純が早世したことや城代家老・内本市九郎が惨殺されたことを覚林の祟りと人々が恐れたこともある。

それにくわえて、政純が病床にありながら自分の後継となった政恒に宛てた書状が大きく影響していると噂された。

その書状にはこう記されていた。

【鳥海山を奥屏風にした象潟の九十九島、八十八潟は日本を代表する天造の景勝地であり、古来、蚶満寺が統治してきたのだ。それは地震のあとも変わらず、藩主が代わってもひき継がれることである。

その蚶満寺がみずから願い出て閑院宮家の祈願所となったことは喜ぶべきことである。

そして命がけで景観の保全を訴えている蚶満寺住職・覚林の声に耳を傾けねばならない。

百年後、二百年後の人々がわれらのおこないをなんと言うか。歴代藩主は肝に銘じて政治をおこなわなければならない】

（完）

草莽（そうもう）

登場人物

草莽の志士が活躍した幕末。金輪五郎も大村益次郎も国の行く末を憂いていた。黒船来航から一七年、吉田松陰死去から九年、鳥羽・伏見で戊辰戦争が勃発した。遠い地で生まれたふたりの運命が交わる時がきた。

金輪五郎（かなわごろう）　奉公先で秋田藩士となり、脱藩し志士となる。

大村益次郎（おおむらますじろう）　長州藩の医者の倅（せがれ）。蘭学に目覚める。

渋江ゆき（しぶえ）　渋江厚光（ひろみつ）の娘。

楠本イネ（くすもと）　ドイツ人医師シーボルトの娘。

渋江厚光　秋田藩家老。金輪五郎を召し抱える。

木戸孝允（きどたかよし）　改名前は桂小五郎。維新の三傑。大村益次郎を長州藩士に推挙。

相楽総三（さがらそうぞう）　金輪五郎の義兄弟。赤報隊総裁。

西郷隆盛（さいごうたかもり）　維新の三傑。彰義隊討伐の薩摩軍を指揮。

海江田信義（かいえだのぶよし）　薩摩藩士。西郷隆盛の子分。

草莽　目次

一、帰郷

笑うしかなかった。

一五年ぶりの故郷は何ひとつ変わらず昔のままだった。ぎっしりと窮屈そうに軒を連ねる町屋。それを外界と隔絶する山々。北羽(ほくう)の山中にこれほどの街が生まれたのは、その山々から四百年にわたり金銀銅が産出されたからにほかならない。尊王攘夷(そんのうじょうい)も倒幕維新(とうばくいしん)もまるで異国のことである。

金輪五郎(かなわごろう)は羽後国阿仁(あに)鉱山のふもとの街、阿仁合銀山(あにあいぎんざん)・善導寺(ぜんどうじ)の山門を潜(くぐ)った。境内(けいだい)を掃除していた小僧に元阿和尚(げんなおしょう)の墓はどれかと尋(たず)ねると、ほれ目の前にと指をさす。供えられたばかりの白い百合に線香の煙がまとわりついていた。立派なもんじゃなぁ。金輪五郎は墓石のてっぺんをなでた。ここでしばらく和尚と話がしたい。小僧は気をきかして本堂の中に消えた。

まぁ一杯やるべぇよ。懐(ふところ)から出した茶碗に持ってきた酒をつぐ。線香の横に茶碗を置いて、自分は酒瓶に口をつけて飲む。驚くことはねぇべ。俺ももう二七だ。酒ぐらい飲むさ。ここを出たのが一二だからな。俺が酒を飲むところを初めて見ただろう。金輪五郎はあぐらのひざを叩いて笑った。

元阿和尚がここの住職になった時、俺はただのハナタレだったとなんべん聞かされたことか。和尚のひざの上に座って大人たちの話を訳知り顔で聞いていたと。今思えば和尚もよくねぇぞ。何も知らない子供に阿片戦争だ、植民地だ、清国のように異人にこの国を盗られると、そんな話を毎日聞かせるのだからな。この山奥で一生を終えていいものかと思うようになるのも当然さ。

あれは俺が一一の年、長州の吉田松陰が元阿和尚を訪ねてきたな。西国生まれの吉田松陰は時世について論じあうために東国を旅していると言った。夜更けまで語り合っていたな。異国船が頻繁に現れるのに沿岸防備が不十分だと怒っていた。それ以上に秋田藩士が時世に疎く、尊王攘夷の志を持つ者が少ないとなげいていた。

ここ秋田は国学者・平田篤胤を産んだところ。若くして出奔し、江戸で国学に目覚め「御国（日本）が四海（世界）の中心であり、天皇が万国の君主である」との平田国学を確立させた。我々の尊王攘夷思想は平田国学から発したものだ。にもかかわらず、この地では憂国の志士が少なすぎる。吉田松陰は時折俺を見つめて言った。『草莽崛起せよ』と。百姓であろうと、鉱山人足であろうと、国の行く末を憂う者は皆、志士である。全国の草莽の志士が一斉に立ちあがり、異人の脅威からこの国を守るのだと。和尚、俺はふるえたよ。

そんな気持ちを察して奉公の話をまとめてくれたのも元阿和尚だった。反対する父親を説得してくれたな。この子は鉱山人足で終わらせてはいけない。広い世の中を見聞させたら大きなことができる子だと。

一二の春、日の出前に阿仁を出て米内沢、上小阿仁、五城目を抜けて秋田藩都・久保田城下に着いたときには二日目の陽がすっかり落ちていた。ずいぶん遠くまで来ちまったと心細くなったのを覚えている。

久保田城下には人があふれ、土崎湊には北前船がひしめいていた。学問のできる者も、剣術の強い者も、商いのうまい者も満ち満ちていた。しかしなぁ和尚、この国は広いなぁ、この国にはすごい奴がたくさんいるんだよなぁ。

奉公先の渋江の殿様は息子のようにかわいがってくれた。まじめな下働きと剣術の上達を認められて家臣にしていただいたのは一八のときだった。鉱山人足の次男坊が秋田藩で代々家老職を勤める渋江家の家臣になったんだ。嘘みたいだろう。侍だぜぇ。

金輪五郎の背丈は五尺（一五〇センチ）に満たないが、肩幅が異様に広く角張り、胸板が厚い。思い出したように朱鞘の長刀を腰から抜いて墓前に置いた。雪深い阿仁にも初夏が訪れている。昼下がりの陽射しのもと、また酒瓶を口元に運んだ。

どこまでいったっけ。あぁ、渋江の殿様に侍にしてもらったとこだな。渋江厚光様は学問だけでなく、剣術にも熱心で屋敷内に直新陰流の道場を構えていた。もちろん和尚は知ってるよな。あの吉田松陰が秋田で唯一、志士が集う道場だと言ってたものな。渋江道場には諸国の剣豪・猛者がやってきて、打ち合いが終われば酒を酌み交わした。皆、国の行く末を案じていた。草莽崛起の志を抱いてもどうしていいかわからず、学問と剣術に励むしかなかった。一二で渋江家に奉公してから脱藩するまでの一〇年間、俺は精一杯働いたさ。

いつの間にか酒瓶が空になっていた。茶碗酒に手を伸ばす。

ふん。元阿和尚に嘘はつけねえな。俺はこともあろうに渋江家のお姫様に惚れちまったんだ。俺が奉公にあがった一二の時、ゆき様はまだ六歳。渋江家の次女として蝶よ花よと育てられていた。でも本当は結構なお転婆だった。殿様や奥方様の前ではおとなしいけどな。ちっこくてよぉ。まんまる顔でさぁ。俺が道場の雑巾がけをしていると背中にまたがるんだよ。五郎の背中が一番大きい。五郎の馬が一番好きってな。俺はゆき様を乗せたまま道場の雑巾がけを何往復もしたさ。うれしくってよぉ。かわいくってよぉ。

ゆき様を肩車して竿灯まつりを見物したこともあるんだぜ。真夏の夜空に提灯の稲穂が何十本も立ちあがるんだ。ゆき様はきゃっきゃと喜んでいた。五郎おろして！　私も竿灯を揚げてみたい！　ゆき様は肩車から滑りおりると俺の手をひいて群集に分け入った。五郎、お願い。私のためになんとかして。なんとかしてってゆき様、竿灯は昔から男が揚げるものと決まっています。いくら渋江のお姫様でもかなわないこともございます。ここはどうか聞き分けてください。いいえ。なりません。五郎。これがかなえば私は五郎のお嫁さんになりますよ。俺はそんなたわいない言葉を真に受けちまったんだ。笑っちまうだろぉ。

相楽総三が現れたのは文久元年（一八六一）だった。奴は江戸の豪商の倅でいつも大金を持っていた。その金と弁舌の巧みさで奥羽諸藩を歩き草莽の志士たちに決起を説いたんだ。

『いつまで雪の下にうずくまっているのだ。ペリー来航から八年、幕府はアメリカ、イギリスと条約を結び港を開いた。異人どもは横浜、長崎、函館で商売をし、我らの国土を闊歩している。それを幕府は許しているのだ。このままでは清国の二の舞である。前年、桜田門外で大老・井伊直弼に天誅がくだった。諸君、剣術は異人を斬るだけでなく、異人にすり寄る奸物を斬るためにもあるのだ。いつまでも雪の下にうずくまっていてはいけない。ここを飛び出して同志とともに幕府に攘夷を迫るのだ。数千におよぶ草莽の志士が関東の山野に集結して蜂起する計画がある。それに参加してもらいたい』……二二歳の相楽総三は目を輝かして俺たちを見つめた。

結局、奴は一ヶ月近く久保田城下に長滞在して毎晩俺たちと酒を飲み、語り明かした。特に俺とは歳が近く、ともに武士の子でないことから急速に親しくなった。

奴は江戸の豪商の倅。そのまま店を継いだら何不自由なく生きてゆける。それなのに一七、八で塾を開き、尊王攘夷の持論を訴えた。弁舌のうまさで一〇〇人の塾生が集まったと言うが嘘ではないだろう。塾を続けてゆくだけでも稼げたに違いない。それなのに志士として生きることにした。世間並みの暮らしができたのによぉ。それを全部うっちゃってよぉ。本当の馬鹿だよ。

俺がそう言ったら、お前もだろって笑ったよ。お前の血が鉱山人足で終わっちゃ駄目だって言ってたんだろ？　ここにじっとしてては駄目だって。だから阿仁から久保田まで出てきたんだろ？　俺もお前も一緒さ。生まれたからには命懸けで何かをするしかない。何もしないならいっそ死んじまったほうがいい。そうだろうって。

全部言い当てられた。俺の胸の中にあったもやもやを奴はすべて言葉にしやがった。相楽総三が江戸に帰る前の晩、俺たちは義兄弟の契りを結んだ。生まれた時は別々でも死ぬときは一緒だと。ともにこの国のために身命を賭すのだと。

関東での決起がいつか、どこに向けて進軍するか、計画は綿密だった。相楽総三の勧誘に俺のほかに岩屋鬼三郎、高瀬権平が同意した。ふたりは同じ渋江道場の仲間だ。一年後、俺たち三人は脱藩した。

相楽総三の言う通り、全国の志士が赤城山に集結した。一千人はいただろう。しかし挙兵はできなかった。所詮は烏合の衆だ。意見が合わず四分五裂した。筑波山でも同じことをくりかえした。俺たちはまた山をおりた。水戸の天狗党だけが京に向けて進軍したが途中で幕府軍の返り討ちにあい全滅した。

そんな時、薩摩藩から声がかかった。江戸市中に騒乱を起こし、徳川幕府を挑発するという話だった。武力倒幕の覚悟を固めた西郷隆盛の策略さ。五〇〇人の浪士隊が結成され相楽総三が総裁になった。秋田藩からは一三人もくわわった。佐々木三郎など江戸の秋田藩邸で悶々としていた連中さ。皆、先祖代々の身分と俸給を捨て、脱藩してくわわったんだ。

代官所や陣屋だけでなく、俺たちは夜な夜な幕府御用達の豪商を襲った。異人にすり寄る幕府はもちろん、幕府にすり寄る御用商人も同罪だからだ。西郷隆盛と相楽総三の書いた筋書さ。尊王攘夷のために御用金を貰い受けると千両箱を取りあげた。歯向う者には天誅をくだした。豪商たちは幕府に訴え出た。しかし幕府は動かない。浪士隊が皆、薩摩藩邸にひきあげてゆくからさ。罠であることは明白だ。挑発に乗っては京にいる将軍・徳川慶喜に迷惑をかけてしまうからな。

徳川慶喜は一旦、大政を奉還し、薩長との戦争を回避した上で新政権樹立の勅命を得るつもりだった。徳川を中心とした雄藩連合の新政権さ。徳川幕府の延命を狙ったんだ。だから江戸騒乱の挑発にも耐え忍んだ。

浪士隊の挑発はさらに過激になった。御用商人だけでなくまっとうな商いをしている店に押し入る者まで出る始末だ。志士とは名ばかりの喰いっぱぐれの連中がそんなことをした。しまいには江戸城に放火する者まで現れ、我慢も限界に達した。

幕府は庄内藩に命じて薩摩藩邸を攻撃させた。藩邸を取り囲み、大砲を撃ちこませたんだ。

邸内に突入してくる兵士を斬り伏せることはできても、空から落ちてくる大砲の弾はどうにもならねぇ。屋敷のいたるところから火の手が上がり、浪士隊の多くは命からがら脱出した。相楽総三などは薩摩藩の蒸気船に潜(もぐ)りこみ、ある者は中山道(なかせんどう)を走り、俺は東海道を走って京に向かった。京の薩摩藩邸で落ちあうことはかねてからの手筈(てはず)通りだ。東海道を七日で走り、たどり着いたときには年が明けて慶応四年（一八六八）になっていた。一番乗りで薩摩藩邸に行くと鳥羽(とば)・伏見(ふしみ)で幕府との戦争が始まったと言う。江戸騒乱作戦が奏功したのだと感謝されたよ。

俺はすぐに向かったさ。薩摩軍にくわわって最前線で戦った。相手が新撰組だったか、会津兵だったか、無我夢中で覚えてないが四、五人を斬った。斃(たお)した奴らはいずれも指揮官さ。俺はそういう奴を狙って斬ると決めていたからな。渋江道場で学んだことよ。

指揮官を失うと兵隊は弱いものだ。鉄砲や槍を放り投げて一目散に逃げ出した。和尚、俺は鳥羽・伏見の働きで朝廷から感状と烏帽子(えぼし)・直垂(ひたたれ)をもらったんだぜ。家宝ができたなと薩摩兵がうらやましがったが、俺はまるごと京の飲み屋にくれてやった。

鳥羽・伏見で敗れた幕府軍は総崩れとなった。大阪城で体勢を立て直そうとする矢先に徳川慶喜が逃げちまったからだ。指揮官を失った兵隊が弱いように、総大将を失えば幕府軍と言えども総崩れとなるんだなぁ。

幕府軍の消えた京で赤報隊が結成された。またしても西郷隆盛の策略よ。脱藩浪士、草莽の志士を幕府軍追討に使おうと考えたんだ。総裁には相楽総三が就いた。「赤心を持って国恩に報いる」と赤報隊三〇〇人は京を発って中山道を江戸に向かった。相楽総三も俺も、岩屋鬼三郎も高瀬権平も佐々木三郎も、脱藩以来の苦難がようやく実を結ぶのだ、尊王攘夷がかなうのだ、新しい国家を俺たちの手でつくるのだと、肩を抱きあって中山道を歩いたよ。

【年貢半減】と書いた莚旗を掲げて歩く赤報隊を中山道の村々は歓迎した。俺たちは京を発つ前に太政官に「人心収攬のため年貢半減」を建白し、勅諚を得ていたんだ。中山道沿いの百姓がこぞって米や酒を差し入れにきた。皆、俺たちの進軍を喜び、莚旗に手を合わせて帰っていった。赤報隊が中山道を行ったのは東海道を行く薩摩・長州の官軍に呼応してのことだ。互いに連携して山側と海側から同時に江戸を攻める手筈だったのさ。

ところが東海諸藩の鎮撫、開城に手間取る官軍は遅々として進まない。中山道を行く赤報隊だけが先を急ぐこともならず、俺たちは村々で長滞在することになった。毎晩、近隣の百姓が酒を届けた。しかし酒に酔った浪士が村人に迷惑をかけることは一切なかった。そんなことをする奴がいたらこの金輪五郎が斬ると隊員に伝えていたからだ。

京の太政官から帰京命令が届いたのは信濃国諏訪の辺りだった。中山道沿いの村々から金穀を強奪しているとの訴えがあったと相楽総三は言った。そんなはずはねえ。この俺が目を光らせてきたんだ。相楽総三に頼まれて俺は京に戻った。太政官に真実を伝えて進軍を続けることに同意してもらうためだ。そしてもう一つ肝心要の用があった。それは錦旗を授かることだ。赤報隊を単なる浪士隊ではなく、官軍の一隊と認めさせるためにはどうしても錦旗が必要だ。

　京に着いた俺は太政官と薩摩藩邸、長州藩邸に何度も何度も足を運んだ。太政官では議定・岩倉具視に会い、薩摩藩邸では西郷隆盛、長州藩邸では木戸孝允（桂小五郎）に会った。奴らは皆、狸や狐の類だ。赤報隊が強奪などしていないことはすべて承知の上での帰京命令なのさ。決して口には出さなかったがな。俺には肚のうちがわかった。奴らは赤報隊が強大になるのを恐れたのさ。幕府軍から奪ったミニエー銃や大砲を与えたことを悔いていた。三〇〇人の小隊とは言え、最新の武器を持ち、年貢半減を掲げ、行く先々で人気を集める赤報隊をこのまま野放しにしたら、いずれは何万もの浪士を糾合し強大な義軍となり、間違えば薩長官軍の脅威になると思い始めていたんだ。赤報隊が京に戻るなら解隊して官軍諸隊に配属させる。もし帰京命令に背けば討伐する。奴らの肚はそう決まっていたのさ。錦旗を授けるつもりなど毛頭ない。俺は相楽総三宛に涙を呑んで帰京しろと手紙に書き、一緒に来た隊員に持たせ早馬を走らせた。

しかし、相楽総三は帰京しなかった。

【碓氷峠を越え関東平野を駆けくだって江戸を衝き、東海道から進軍した薩長官軍と連動して関東一帯を鎮撫する。その後、もしも奥羽、蝦夷と戦になれば、赤報隊は小隊ながら先鋒として働く所存】と相楽総三の手紙には書いていた。

出会った頃のまま何も変わらない。志を同じくする者はきっとわかりあえると信じて疑わない男なんだ。相楽総三という奴は。

その手紙を持って俺は西郷隆盛に会った。しかし奴は手紙を受け取らず、帰京命令に背くのであれば我らの味方ではない。ニセ官軍として討伐すると言い切った。時間をくれ。俺が諏訪に戻って相楽総三を説得して連れ戻す。赤報隊三〇〇人を連れて戻ると約束する。俺はひれ伏して懇願した。

西郷隆盛は顔を上げるように言って、俺に茶碗酒をすすめた。俺がひと息に飲み干すとすかさずついだ。俺はまたすぐに飲み干した。奴は薩摩弁で、やはり秋田の男は酒が強いのだなと言った。俺は弱い方だと言うと奴は大声で笑った。釣られて俺も笑ってしまったよ。

奴は金輪五郎殿の生まれ故郷では雪がどれほど積もるのかと訊いた。積もるも何も、毎年、屋根まで雪に埋もれてしまう。雪に穴を掘って戸口を探り出し洞穴を潜って家に入るのだと教えてやると、奴は、ほうそうでごわすか！　と大きな目をさらに大きくした。奴が面白がるから俺は阿仁のことや元阿和尚のこと、渋江の殿様や道場のことまで、まるで旧知の友に再会したかのようにそれまでのことをしゃべっちまった。和尚、西郷隆盛という男は得体の知れぬ……そう得体の知れぬ巨人なんだよ。

帰り際、俺は次の夜も西郷宅にくるように言われた。翌日の晩に顔を出すとまた酒飲み相手だ。そしてまた次の日も。俺は赤報隊について心を砕いてくれているものと思った。しかし四日目に対座した時、俺に深々と頭を下げたんだ。

『昨晩、下諏訪において相楽総三はじめ幹部八人を、村々から金品を強奪し、年貢半減の嘘を言い触らすニセ官軍の罪名で捕縛し処刑した』

『嘘だろ。相楽総三を殺したって。おい西郷さんよぉ、無実の義兄弟を殺したってのかぁ。おい！　西郷！　俺も同罪だ。俺も殺せ！　殺せー！』

『金輪五郎殿には生きてこの国のためにわれらとともに働いてもらいたい』

奴は俺の目をまっすぐに見てそう言った。

和尚、俺は京から阿仁に戻ってきた。義兄弟の相楽総三を殺され、俺だけが生き残ってしまったんだ。

この阿仁で生きてゆくよ。尊王攘夷も倒幕維新も無縁なこの山奥でな。

死んじまった草莽の志士たちを弔(とむら)いながらよぉ。

二、蘭医

大村益次郎のことである。

長州藩鋳銭司村に村医の長男として生まれた。前頭葉が異常に発達し、額が前に大きく突き出ているのは生まれつきらしい。その前頭葉に少年・大村益次郎は飽くなき好奇心で知識を詰めこんでいった。

時代が求めるものを大村益次郎も求め、蘭学にのめりこんだ。西洋医学を学ぶためにオランダ語を覚えた。和訳書を片手にありとあらゆる書物を読みあさった。辞書に載ってない単語があれば親のかたきのように執拗につけ狙う。ほかの書籍を調べて同じ単語を見つけ出し、前後の文脈から意味を推測する。想定したものが妥当であるかの検証をくりかえし、判然としない時には年長の蘭医や有名な学者を訪ね歩いた。一八歳になった時、わからないオランダ語は残されていなかった。

蘭学への興味は尽きることがない。医学書だけでなく西洋兵学書も面白い。さらに蘭学を学ぶため他藩に師を求めた。豊後日田と大阪で七年の歳月をかけ、大きく突き出た額に知識を詰めこんだ。

大阪では蘭医・緒方洪庵の適塾に学んだ。同時期の塾生に橋本佐内、大鳥圭介、福沢諭吉などがいる。緒方洪庵は適塾に塾生を住まわせてオランダ語と西洋医学を教えた。塾を営んではいるが、医者であることに変わりないので頼まれれば出かけて行って診療もする。

緒方洪庵は塾生に体験させることが最も重要であると一貫して考えていた。だから講義も、訪問診療も、優れた塾生が現れたならそのものを塾頭に選び自分の代理をさせた。

大村益次郎は塾頭に昇り詰め、緒方洪庵に代わって講義をおこなった。オランダ語や西洋医学のほかに西洋兵学の講義もおこなった。軍隊の組織論から始まり、食料や武器・弾薬の補給を意味する兵站、さらには当時、日本と欧米諸国で最も格差のあった兵器と船舶の講義もおこなった。

大村益次郎の講義は単なる暗記を目的としていない。兵器の素材と製造方法を解説し、日本人が製造・使用することを目的とした。それに賛同して全国から集まった塾生が議論した。出身地の鉱物は大砲を鋳造するのに適しているとか、鋳物の技術はどこそこ村のだれべえが秀でているとか。それではその鉱物の掘り出しと鋳物職人への賃金は誰が払うのだと大村益次郎は塾生に問う。それはそれぞれの藩が金を出すのが当然だと塾生が答える。それでは藩はその金をどこからどのように捻出するのか。そう問いかけられて塾生は徹夜の議論をするという具合だ。

戦術の講義では塾を飛び出すこともあった。商店が並ぶ大阪で市街戦となればどうするか。大勢の人々が行き交う船場（せんば）の辻に立ち、塾生に大阪の略図を渡し、攻守二班に分けた。攻める側は大阪湾に上陸して大阪城を攻め落とすことを考えよ。どこを通り、どの兵器を使い、どれだけの日数をかけて攻め落とすのか。兵站をおろそかにしてはならない。食い物も弾も火薬もなければ戦はできないのだ。守る側はどうする。籠城するだけではやがて兵糧が尽きる。沿岸防備はどうする。市街戦で役に立つ武器は何だ。どこにどれだけの人数を配置するのか考えよ。海辺ではどう戦い、野山ではどう戦うか。具体的な課題を出して議論させるのが大村益次郎流の講義だった。

忙しい講義の合間を縫って診療にも出歩いた。診療は西洋医学に基づくもので、父親が先祖代々受け継いできた漢方医学とは全くの別物である。

ある日、片方の乳房に固い瘤（しこり）があると初老の婦人が申し出た。若いころの母乳の残りが行き場を失って固まったのかねぇ。それだけ歳をとったのよねぇ。自嘲気味に独り言をいう婦人に、「失礼する」と胸元に手を入れた。触診して「これは乳癌というものです」と告げた。瘤が小さいうちに切り取るのがいい。放置すれば中の毒が全身におよび死に至るとつけくわえた。

この頃すでに乳癌の切除は日本でも例があったが、それはごく少数の先進的で実験的な試みに過ぎなかった。

「明日、手術道具を持ってもう一度きます。怖がることはありません。私が執刀（しっとう）します」

翌日、大村益次郎は若い女の助手を伴って現れた。女は楠本イネと名乗った。長崎生まれでオランダ語と西洋医学を学びにきていると頭を下げた。ドイツ人医師シーボルトの娘であるがその説明は省略された。

道具箱を開き油紙に包まれた薬を取り出す。

「これは朝鮮朝顔からつくった麻酔薬です。これを飲むとすぐに眠気に襲われ一刻（二時間）は熟睡します。その間に乳癌を切除します。切除のときには痛みませんが麻酔が覚めると痛みがきます。それを和らげるための塗り薬と飲み薬を持ってきました。三日に一度は術後の経過を診察にまいります」

大村益次郎は婦人が納得するのを確かめて麻酔薬を飲ませた。

楠本イネは台所に立ち、湯を沸かして盥にそそぐ。箱から金属製の施術道具を取り出して盥の熱湯に沈めた。白布を布団の端に敷き、熱湯消毒した道具を順番に並べた。

寝息を立てる婦人の枕元で大村益次郎は名を呼んだ。婦人は答えず鼾をかいている。手を取り甲の皮をつねる。最初は優しく、次には強く。婦人は鼾を大きくするだけだった。

「よし。麻酔が効いた。始めよう」

大村益次郎の合図に楠本イネが一礼して婦人の着物を脱がした。上半身があらわになる。楠本イネがオランダ製の消毒液アルコホルを浸したガーゼで婦人の上半身を拭く。大村益次郎は小筆の先に薄墨を付けて婦人の右乳房の脇に丸を書いた。そこに癌がある。楠本イネが止血用の包帯を大村益次郎に手渡す。止血用包帯は粘着性のあるものを選び、乳房を囲むように貼りつけてゆく。出血を最小限にとどめるため、特に乳房の下には何本も貼り、背中まで這いまわして静脈を強く締めあげた。

「メス」大村益次郎の右手に楠本イネがメスを渡す。切っ先が迷いなく薄墨の丸を真っ二つに切り裂いた。しみ出る血液の中に黒ずんだ瘤が姿を現す。これが乳癌だ。大村益次郎は目で教え、楠本イネがうなずいた。「鉗子」鉄製のハサミで乳癌を切り取ってゆく。「ピンセット」

銅板製の皿の上に置かれた乳癌は梅干しの種くらいの大きさだった。傷口周辺を消毒し、オランダ製の手術用の糸で縫合する。痛み止めの薬を塗り油紙で覆う。それを包帯で何重にも巻く。最後に止血用包帯をゆっくりと時間をかけて少しずつはがしてゆく。最後の一本をはがし手術は終わった。大村益次郎は自身初めての外科手術を前頭葉に収納されたオランダの医学書通りにやってのけた。

術後の帰り道、ふたりは肩を並べて歩いた。

このとき大村益次郎二五歳、楠本イネ二二歳。お互いをおいねさん、先生と呼んだ。

「なぁ、おいねさん。どこを締めあげると血が止まるか。身体の具合を悪くする根源は何か。その根源を退治する方法は何か。退治したあとに何が起こるか。その反応を予期して事前に何をするか。医学と兵学は似ていると思わないかい？」

大きくうなずいて「さきほどの手術は勝ち戦ですね。先生」と返した。青い目の無邪気な笑顔を向けられて顔を赤くした。

翌年、長崎に帰る楠本イネを見送った大村益次郎に父親から手紙が届いた。鋳銭司村に戻って村医を継ぐようにと書いていた。村医である父親が秋穂村にある妻（大村益次郎の母親）の実家に入り秋穂村の村医となる。そうすれば鋳銭司村に医者がいなくなる。もう七年も西洋医学を学んだのだから十分だろう。帰ってきて村人のために働いてくれ。ほかにも大事な話がある。

一九歳から二五歳まで足掛け七年にわたり親の金で思う存分蘭学を学んだ。これ以上のわがままが言えるはずもない。大村益次郎は鋳銭司村に戻り村医を継いだ。ほかの大事な話とは結婚だった。相手は隣村の豪農・高樹半兵衛の娘・琴子。両家の間で話はすでに決まっていた。

翌年正月、大村益次郎は琴子との祝言を挙げた。祝言からの三年間は平穏な日々であったに違いない。かわいい妻との暮らしと村人たちからの尊敬。このまま村医としての人生を送るのも悪くない。そんな思いに浸っていた嘉永六年（一八五三）、黒船来航の知らせが飛びこんできた。

伊予宇和島に二宮敬作（にのみやけいさく）を訪ねた。楠本イネが立派な蘭学者で宇和島藩の顧問職に就いていると言っていたのを思い出した。ペリー来航で日本中が浮足立つ中、蘭学を学んだものが今なすべきことは何かを議論したかったのだ。

意見を交わした二宮敬作は瞬時にその英明さに気付き、宇和島藩に推挙した。宇和島藩は百石取りの上士格御雇とした。小藩が生き残るためには進取の精神で常に改革してゆくしかないとする藩主・伊達宗城が優れた人材を求めていたからだ。

大村益次郎は宇和島藩士に対して蘭学と西洋兵学の講義をおこなった。講義は座学のみならず例によって野外に飛び出し、西洋式の調練をおこない、軍制を整備していった。

並行して伊達宗城からの密命で黒船製造に取り掛かった。この頃も大船建造はご法度である。ましてやペリーと同じ蒸気船を製造するなど、幕府に知られたら改易となってもおかしくない犯罪行為だ。大村益次郎は密輸入の専門書を翻訳して、蒸気船を一から製造するという無謀を喜んでひき受けた。

宇和島城下を歩き、訳も言わずに一番手先の器用なものは誰かと問いかけた。誰もが提灯屋の嘉蔵と答えた。

突然の上士の訪問に嘉蔵はひざを揃えて固くなった。

「今でこそ侍の姿だが、俺はもともと村医者の倅だ。村医者といっても診療で食えるほどではないから、半分は百姓をしていた。そもそも身分などは無用のもので、その人に才があり、世の中がその才を必要としているかどうか、大事なのはその一点だ。そう思わないかい？」

笑顔を向けられて嘉蔵は、どんなお役目かわかりませんが大村様のためなら命懸けで働きますと涙をこぼした。

安政元年（一八五四）、大村益次郎は嘉蔵を連れて長崎に向かった。蒸気船製造方法を学ばせるための適地を長崎と判断したのだ。住まいを決め、家財道具を揃えた。実験のための材料の入手先、書籍購入の相談相手、嘉蔵と宇和島の家族の連絡方法など、すべてにわたって楠本イネが立ち働いてくれた。四年ぶりの再会だった。大村益次郎は三〇歳になり、楠本イネは二七歳になっていた。

楠本イネはドイツ人医師シーボルトと丸山町遊女・お瀧(たき)の間に生まれた。

シーボルトは楠本イネが二歳の時に国禁の日本地図を国外に持ち出した罪により国外追放となった。そのため門下生が診療して得た金でイネと母親を養育し、イネには子供の頃から西洋医学を教えこんだ。門下生の中に二宮敬作もいた。先頭に立って面倒を見た二宮敬作は父親代りとも言えた。大村益次郎と嘉蔵が藩命で長崎に行くので何かと世話をしてほしいと手紙を書いたのも二宮敬作だった。シーボルトを偉大な師と仰ぐ二宮敬作はイネ親子に生涯、敬意を持って接した。

楠本イネは未婚だったが二年前に女児を出産していた。大村益次郎は女児をかわいがった。

有名な蘭学者を訪ねるときも、オランダ商船の船長に会う時も、女児を連れ歩いた。楠本イネに先導役を頼み、二歳の女児を肩車して嘉蔵とともにうしろをついていった。走ってみたり、よろけてみたり。女児は大村益次郎の突き出た額を両手で抱え、キャッキャと笑った。なぜ未婚なのかとは問わない。聞いたところで何もできない。こうして肩車をして家族のように長崎の街を歩く。それを喜んでくれたらそれでいい。

嘉蔵は大村益次郎よりも一二歳年上でこの時四二歳。蒸気船をつくれと言われて目を丸くした。蒸気船など見たこともない。それでも職人の血が騒いだ。城下一の器用だ。図面と材料があればつくれないことはない。

ところがその両方がないと言う。何しろ大船建造は犯罪なのだ。蒸気船に関する情報などここにも落ちてない。それでも蒸気機関の専門書は蘭学者から入手できた。船外機（スクリュー）の図面はオランダ商船の機関技師が手書きのノートを寄贈してくれた。どちらもオランダ語で書いてある。寺子屋にも通ったことのない嘉蔵が一からオランダ語を学んだ。大村益次郎に教わり、楠本イネに習い、蘭和辞書と専門書をひたすら繰る日々を送った。

嘉蔵は長崎で二年学び宇和島に戻った。家族との再会を喜ぶまもなく、一年先に戻った大村益次郎に助言をもらいながら、ひとり試作品づくりに没頭した。

大村益次郎は隠れた入り江に小屋を建て、そこに嘉蔵を住まわせた。

嘉蔵は試作品ができあがると海に浮かべることをくりかえした。


嘉蔵が宇和島に戻って二年、藩主・伊達宗城に蒸気船完成の報告が入った。お披露目は極秘裏におこなわれた。立ち合ったのは伊達宗城、重臣数名と大村益次郎。

嘉蔵は一礼して乗りこんだ。小型だがそのまま縮尺を伸ばせばペリーが乗ってきた黒船になることは誰の目にも明らかだ。すでに蒸気があがっていた。その蒸気が一段と白く大きく空に立ち昇ると、小型の黒船は静かに動き出した。風に逆らい、力強く、蒸気機関のつくり出す推進力で進んでゆく。甲板の上には模型の大砲が据えられていた。

提灯屋の嘉蔵はわずか四年で蒸気船をつくってしまった。


長州の村医者が宇和島で侍になった。その経緯は都度、手紙で妻に知らせている。妻から秋穂村の両親にも知らせてある。長崎からの帰りには郷里にも立ち寄った。月代（さかやき）を剃った侍姿を見て琴子も両親も驚きを通り越してあきれ果てていた。

今度は江戸に出る。手紙でそう伝えた。伊達宗城の参勤交代に随行するのだ。安政三年（一八五六）四月、三二歳。

大村益次郎は宇和島藩上士格御雇という立場だ。藩士とは言い切れないが、江戸の藩邸で暮らし、藩に命じられた仕事をする。しかしそれ以外のことをやってはいけないというわけでもない。ゆるい雇用関係なのだ。

江戸に出て半年後、伊達宗城の許しと支援を得て私塾・鳩居堂を麹町に開塾した。蘭学・兵学・医学を教える塾だ。講義の質の高さはあっという間に評判となり、その評判を聞きつけた徳川幕府が宇和島藩御雇の身分のまま蕃書調所教授方手伝で雇い入れた。

蕃書調所はこの年に幕府が発足させた。外国との交渉が増えたため外国の書物や外交文書を翻訳して、法律や文化を知り交渉に役立てることを目的とした。そこでも大村益次郎は群を抜いた。幕府はすぐに講武所教授に登用する。講武所もこの年に発足したばかりで、幕府軍兵士である旗本・御家人の武芸訓練機関である。

安政五年（一八五八）三月、大村益次郎は日比谷にある長州藩上屋敷に招待された。蘭書会読会は当時の流行で、有名な講師を藩邸に招き、蘭書を通じて異国を学び、自藩および日本が何をなすべきかを論じ合うのだ。講武所教授としての兵学講義が他を圧倒するとの評判を聞きつけた木戸孝允が講師に推せんしたのだった。

大村益次郎は長州藩重役を前に西洋兵学について講義をおこなった。藩が用意した初見の原書を辞書も使わずに翻訳し、書かれていた戦術や兵站については長州の地理に当てはめて解説した。皆、驚いた。木戸孝允の推挙により江戸在住のまま三四歳にして長州藩士となった。


文久三年（一八六三）一〇月、長州藩から帰藩命令がくだった。

三ヶ月前に勃発した下関戦争が原因だ。長州藩は孝明天皇の望む「攘夷」を実行した。関門海峡を航行中のアメリカ・フランス・オランダの艦船にいきなり砲撃したのだ。徳川幕府ができないのなら長州藩がやってみせるとの気概だった。砲撃で三国の艦船を追い払ったあとに関門海峡を封鎖した。外国船の通過を認めないのだ。その実効性を高めるため艦船を浮かべ、両岸に多数の砲台を築いた。大村益次郎に頼まれて長州藩士に艦船の動かしかたを教えたのは、宇和島藩に取り立てられ前原喜市（まえばらきいち）と名を変えた嘉蔵だった。

しかし先の攘夷から半月後、報復に現れたアメリカ・フランスの軍艦はいとも簡単に長州軍艦を大破させ、両岸の砲台を木端微塵（こっぱみじん）にしてひき揚げていった。それでも長州藩は攘夷にこだわり、海峡封鎖を継続した。

長州藩が大村益次郎に帰藩命令を出したのはこの頃だ。

嘉永六年（一八五三）のペリー来航を機に始まった宇和島・長崎・江戸の旅は一〇年におよんだ。三九歳になった大村益次郎は生まれ故郷、長州に帰った。


帰藩した大村益次郎は藩都・萩において軍事全般の改革を任され、西洋兵学教育、大砲鋳造のための製鉄所建設など、軍事改革に没頭した。

そうして一年余りが過ぎた元治元年（一八六四）八月、海峡封鎖により多大な経済的損失を被っていたイギリスがアメリカ・フランス・オランダとともに合計一七隻の艦隊を組んで関門海峡に現れた。四国連合艦隊は艦砲射撃で下関市街を火の海にし、彦島に上陸して砲台を破壊・占拠した。

「長州人を皆殺しにするために異人がやってきた」

下関の人々は内陸に向かって逃げまどった。

「最後のひとりになっても異人と戦う」

多くの長州藩士は息巻いた。しかし、木戸孝允、高杉晋作（たかすぎしんさく）などは今のような装備では到底、外国には勝てないと悟った。

大村益次郎は語学力を買われて停戦交渉役に就いた。何をどのように交渉したものか、イギリス、アメリカ、フランス、オランダへの賠償責任は徳川幕府が負うことになった。それだけでなく長州藩はこの交渉を機にイギリスと親密になり、銃、大砲、軍艦の購入を実現し、倒幕へと舵を切った。

慶応二年（一八六六）六月、倒幕派が主導権を握る長州藩に対し徳川幕府は第二次長州征伐に出る。大村益次郎は最前線で指揮した。よく訓練された西洋式軍隊は各地で幕府軍を破った。高杉晋作の奇兵隊に学び、百姓町人を軍隊に入れて鍛えた。侍よりも身分の低い者の方が強かった。

大村益次郎が編成し、調練し、戦略的に動いた長州軍は多くの戦いに勝利。長州藩は優位な条件で徳川幕府と休戦協定を締結した。

慶応四年（一八六八）一月、鳥羽・伏見で戊辰戦争（ぼしんせんそう）勃発。藩主・毛利元徳（もうりもとのり）に随行して上京。二月、大村益次郎は発足したばかりの新政府から官軍全体の編成と指揮を託される。四三歳。

三、参　戦

阿仁で静かな日々を送るはずだった金輪五郎がふたたび村を出た。

背丈が低く、異常に肩幅が張り、胸板の厚い金輪五郎が朱鞘の長刀を差して歩く姿は串団子のようだ。足先は能代に向いている。能代には奥羽鎮撫使・副総督・沢為量ひきいる官軍がいた。

義兄弟の相楽総三を失い、苦楽を共にした仲間の非業の最期を思えば自分だけ安穏としていられなかった。それに尊王攘夷も討幕維新もまるで異国の出来事のような阿仁にさえ、奥羽越列藩同盟の南部藩が攻め寄せてくるとの噂が流れた。それなのに秋田藩はいまだに態度を決めかねているらしい。列藩同盟の一員でありながら尊王藩として官軍をもてなしたりもする。しかし秋田兵を差し出すことはしない。藩内は二分され藩主はうろたえるばかりと聞く。

ゆき様は元気にしているだろうか。家老職を務める梅津家に一五歳で嫁いだのは渋江の殿様が企(たくら)んだこと。当時、尊攘派の首領的存在だった渋江の殿様は保守的な重臣たちから疎(うと)まれ、排除されていた。それを藩主・佐竹義堯(さたけよしたか)に取り成して復権の道を開いてくれたのが梅津様だ。嫁ぎ先でゆき様が懸命に働きかけたからに違いない。嫁いでゆくゆき様は俺に手紙をくれた。五郎のお嫁さんになる約束を守れずすまないと書いていた。五郎の背中が一番安心な場所だった。今までありがとうと。手紙はすぐに燃やした。

沢為量(さわためかず)ひきいる官軍一行は能代・柳町の八幡神社一帯にむなしく野営の日々を送っていた。最新の西洋式装備を誇っても戦闘員が二〇〇名ではあまりにも少なすぎた。古式ゆかしい弓矢・火縄銃とはいえ、列藩同盟軍が何万もの兵力で官軍を襲えば勝敗は火を見るよりも明らかだ。援軍はこない。奥羽鎮撫は風前の灯である。

士気を高めるため境内で夜宴(やえん)が催された。篝火(かがりび)が明るく照らし大きな盃に満月が映る。それでも静かな宴だ。酒はずいぶん喰らったはずだが唄う者もなければはしゃぐ者もない。まるで通夜の席だった。沢為量は声を張り上げた。

「誰か舞う者はないか」

「ここにおります」

「どこの串団子だ」

参謀・大山格之助がからかうと兵士から嘲笑が漏れた。

「沢副総督に故郷に伝わる剣舞を奉納いたします」

串団子は沢に一礼して、背中にまわした朱鞘から長刀を抜いた。

ギラリと光ったのは篝火か、月光か。

串団子の口からは唄が聞こえる。山々に木霊するゆっくりとした唄だ。腰を落とし、両足を広げ、左手が静かに開いてゆく。右手に握られた長刀の剣先は地面を指し、次に天を指した。剣を右に払い、左の虚空を斬り落とした。

次第に唄は速くなってゆく。唄に連れて串団子は見えない軸を中心にまわり始めた。兵士たちが串団子の回転の速さをあおるように手拍子を打つ。唄は速くなり回転もさらに速くなる。剣先の光はまぶしさだけを残し人の姿も剣の姿も早すぎて見えない。

次の瞬間、長刀が空に舞い、落ちてきた長刀を串団子は回転しながら背中越しに捕らえた。やんやの喝さいが起こる。長刀は何度も空中で風車のようにまわされる。落ちてくる長刀は吸い寄せられるように手の中におさまってゆく。最後に大きく飛び跳ねて片ひざ立ちで頭を下げた。長刀は背中の朱鞘におさまり、唄は喉の奥に消えていた。兵士から大歓声が沸き起こった。

「見事であった。名をなんと申す」

沢が立ち上がって一歩踏み出した。

「金輪五郎」

兵士たちの間でささやきがあった。

「いかにもニセ官軍・赤報隊の金輪五郎」

立ち上がって兵士たちをにらみつけた。

「沢副総督に申し上げたいことがあります」

片ひざをつき、頭を下げた。

「申してみよ」

「さすれば、ここ能代にいても事態は何も変わりません。援軍もなく、この少数で進軍すれば列藩同盟軍の餌食(えじき)になるだけ。秋田藩には尊王攘夷の志を持った者が多くいます。しかしそれらをごく少数の保守的な重臣が抑えこんでいるのです。今すぐ秋田藩都・久保田に戻り、藩主・佐竹義堯に官軍にくわわるよう決断を迫るのです。もし首を横にふれば、その首を空に飛ばすだけ。秋田藩がくわわれば、本荘(ほんじょう)藩、矢島(やしま)藩、亀田(かめだ)藩も雪崩(なだれ)を打ってくわわります。さすれば庄内藩を倒すことも出来ましょう。庄内藩が降伏すれば津軽藩も南部藩も戦う意味を失います。一刻も早く久保田城下へ戻ることです」

慶応四年（一八六八）七月一日の夕刻、久保田城下に官軍二〇〇名が隊列をつくって戻ってきた。西洋風の筒袖の上着、ズボンに革靴、西洋銃を肩に掛け、腰に軍刀、頭に陣笠を被っている。その官軍兵士の隊列のあとを総髪一本結い、着流しに草鞋（ぞうり）の串団子がついてゆく。

見物の群集から駆け寄る男たちがいた。

「五郎。秋田に戻っていたのか」

「おぉ。鬼三郎。権平。三郎も。……無事だったのか」

「下諏訪では大変だったが、無罪放免となり二〇日前に帰ったのだ」

「それはよかった。ところで今、久保田城下はどんな具合だ」

「ここではまずいな」

三人が小路を抜けて案内した先は秋田藩砲術所だった。秋田藩が時勢に遅れること十数年、ようやく開設した西洋砲術所だ。頭取は吉川忠安（きっかわただやす）。その父・忠行（ただゆき）は晩年の平田篤胤に師事した。

過激な平田国学が嫌われ江戸を所払いとなった平田篤胤は秋田に戻り塾を開いた。単なる西洋嫌いではなく、地動説を支持するなど西洋の科学を理解していた平田篤胤は吉川忠行らにオランダの算術、戦術、砲術を教えた。忠行から子・忠安が西洋砲術を受け継いだ。秋田藩は砲術所開設にあたり吉川忠安を責任者に選んだ。過激な平田国学の門人であることはわかっていたがそれには目をつむった。

　砲術所の一室に四人は腰をおろした。

「今頃、三卿(さんきょう)は藩校・明徳館(めいとくかん)で涙の対面をしていることだろう」

「どういうことだ」

「五郎たちよりも先に九条道孝(くじょうみちたか)と醍醐忠敬(だいごただゆき)が到着した。今日の昼過ぎだった」

　両名とも公家である。奥羽鎮撫使の総督が九条道孝。副総督として京から秋田まで行動をともにしたのが醍醐忠敬だ。

　秋田にくる前、ふたりは仙台に長く滞在していた。仙台藩は会津藩討伐命令に従わず、奥羽越列藩同盟の旗手となった。会議会場の白石城に奥羽全藩の代表が集結。列藩同盟にとっては九条道孝と醍醐忠敬はもはや人質である。ふたりは危険を察し、帰京すると嘘をついて仙台を脱出。盛岡で南部藩を味方につけようとしたがうまくいかず、久保田城下にいるはずの沢為量との合流を試みたのだった。

　一方の沢為量は庄内藩討伐を任されたが、秋田藩・本荘藩・矢島藩・亀田藩の羽後諸藩が命令に従わない。それではと津軽藩を頼ったが、津軽藩は藩境を封鎖して拒んだ。しかたなく沢ら一行は能代まで引き返した。そこに金輪五郎が現れて久保田城下に戻ることになったのだ。

京育ちの三卿が奥羽鎮撫の責任者に担ぎあげられ、はるばる奥羽まできたものの、総督や副総督などは名ばかりで、実際は身分の低い世良修蔵（せらしゅうぞう）や大山格之助など薩長参謀の言いなりにさせられた。精根尽きる寸前の再会に三卿は手を取り合ってむせび泣いた。

「今日、久保田城下に到着したのはほかにもいる」

「誰だ」

「志茂又左衛門（しもまたざえもん）ら仙台藩の使者一一名」

「目的は」

「列藩同盟の盟約に従い、庄内藩とともに官軍を攻撃しろと迫りにきたのだ」

「秋田藩はどうするのだ」

「話し合いは続いている」

「それで」

「いまだに結論が出ない」

「渋江の殿様は何をしている」

「無論、藩を挙げて官軍に味方すべしと建白している」

「しかし佐竹義堯は結論を出さない」

「若い藩士たちはどうしている」

高瀬権平が指をさした。庭をはさんで大広間が見える。

そこに二〇名ほどの若者が車座になっていた。

「あれは何をしているのだ」

「あの者たちは尊攘派だ。佐幕派を一掃せよ。叩き斬れとわめいている」

「わめいているだけか」

「あぁ人斬りなどしたことがない奴ばかりだ。口先だけで動かないのさ」


翌日、金輪五郎は明徳館に大山格之助を訪ねた。能代・八幡神社の剣舞以来、ふたりは酒を飲む間柄になっていた。飲んでみると金輪五郎は西郷隆盛と酒を酌み交わしたことがあると言うではないか。西郷隆盛と言えば薩摩藩士にとっては神のような存在だ。大山格之助は若い金輪五郎を対等に扱うようになっていた。

「昨夜はゆっくり出来もしたか」

ニヤニヤ笑いながら向きあった。若い金輪五郎が遊郭(ゆうかく)にでも行っただろうと、からかっての笑いだった。

「ええ。まぁ」

適当に相槌を打って目顔で人払いを要求した。大山格之助はすぐに反応して人払いを命じ、みずから立って板戸を閉めた。

「三卿の命が狙われています」

再び立ち上がり板戸をあけて首を出し、誰もいないのを確かめて座り直した。

「誰だ。狙っているのは」

「仙台藩の使者達です」

「ふん。奴らはたかだか一一名と言うではないか。何事ができようか」

懐から紙包みを取り出して前に置いた。

「これは?」

開いて見せる。

「火薬?」

うなずく。

「奴らが火薬を？」

「そうです。俺が奴らの宿に行って荷物の中から失敬してきたのだから間違いない。大山さん、奴らは火薬を大量に持ちこんでいる。明徳館を爆破し飛び出してきた三卿を斬るのはたやすいこと。久保田城下を火の海にすると藩主を脅せば、一気に官軍攻撃でまとまってしまう」

大山格之助は火薬と金輪五郎の顔を交互に見た。


翌七月三日、夕刻、秋田藩砲術所の大広間に大山格之助が姿を現した。

「天皇はなげいておられる」

秋田藩士は驚いた。

「当地は平田篤胤生誕の地。尊王攘夷思想発祥の地と言って過言でない。くわえてここは平田篤胤ゆかりの砲術所である」

秋田藩士は背筋を伸ばして顔をあげる。

「にもかかわらず、このざまは何だ」

大山格之助は居並ぶ藩士の目を捉えて離さない。

「俺が言っているのではない。天皇が言っているのだ」

皆、握り拳をふるわせた。

「仙台藩士を斬れ。それで同盟離脱・官軍参加は決まりだ」

「しかし」

「しかし何だ」

「戦国の昔から使者を討つのは卑怯（ひきょう）」

「奴らは使者などではない」

「どういうことです」

「奴らは刺客だ。大量の火薬を使って明徳館と城下を焼き払う計画だ」

「証拠は」

「荷物から大量の火薬が見つかった。それだけではない。今まさに火薬を積んだ何台もの荷車が久保田に向かっていると斥候（せっこう）から知らせがあった」

「斬るしかない」

「おぉ。斬るのだ。仙台藩士を叩き斬ろう」

「諸君の壮挙は必ず天皇の耳に届く。さぞお喜びになるだろう」

大山格之助は満足気に秋田藩砲術所をあとにした。

それでも事は起こらない。

久保田城下には旭川が流れている。城に近い内側に侍屋敷があり、外側の川反（かわばた）には旅籠（はたご）や商家が並んでいる。仙台藩士一一名は川反の幸野屋と仙北屋に分宿していた。

砲術所の若い藩士が仙台藩士を斬りに向かうと、それを止めに追ってくる者がある。砲術所に戻るとなぜ戻ったのかと罵（ののし）られまた川反に斬りに向かう。そんなことを二度三度とくりかえし七月四日の夕刻となった。それまで我慢していた金輪五郎は砲術所の大広間で藩士を前に朱鞘から長刀を抜いた。

「俺が斬る」

脱藩浪士に見くだされていきり立った。

「斬るぐらいは脱藩組には頼らない。われらだけで斬ってみせる」

「本当か」

「あたりまえだ」

「ではどうやって斬るのだ」

「馬鹿にするな」

　刀を抜いて頭上にふりかざした。

「その構えでは討てない。頭上にふり上げた時点で剣先は欄間(らんま)か天井に突き刺さる。抜くのに手間取り刺し殺される。旅籠のような狭い家の中では横にふれ。それも腰より下をなぎ払うようにふるのだ。そうすれば敵の足を斬ることができる。敵が転んだらとどめを刺せ。ふりおろすのではなく突き刺すのだ。敵と斬り合えば刀の刃はすぐにこぼれる。人を斬れば刃は血と脂で覆われる。そうなれば藁人形ですら切断することは難しい。だからとどめを刺す時には突き刺すのだ。相手の心臓めがけて一瞬で仕留めろ。それがせめてもの武士の情けだ。

　大勢でどやどやと踏みこんではいけない。同士討ちになるだけだ。腕の立つ者四名が踏みこめ。あとの者は階段の下、戸口の外で逃げ出した者を討つのだ。刀を捨てて降参した者まで斬ることはない。縄をかけて明徳館に連れて行け。いいか、人を斬ったことがないからと言って恐れることはない。誰もが最初はそうなんだ。しかしいつかやらねばならぬ時がくる。今がその時だ。心配するな。俺は何十人も斬ってきた。その俺がお前たちをすぐ近くで見守っている。形勢が不利になったら俺が出て行って敵を斃す。だから心配せずに思う存分やれ。いいか。忘れるな。宿では刀は横にふれ。敵の腰から下をなぎ払うんだ」

七月四日、夜、仙台藩士一一名は秋田藩士の手によって討たれた。その知らせはすぐに藩主・佐竹義堯にもたらされた。夜明けとともに明徳館に三卿を訪ねた佐竹義堯は列藩同盟を離脱し、秋田藩を挙げて官軍に参加すると誓った。


翌、七月五日から秋田藩は官軍とともに庄内藩との戦いに出陣。

家老・渋江厚光ひきいる一番隊四三〇名。

家老・梅津小太郎（うめづこたろう）ひきいる二番隊三〇〇名。

家老・古内左惣治（ふるうちさそうじ）ひきいる三番隊二五〇名。

各隊は日本海沿岸を南下して本荘藩・矢島藩・亀田藩と連動して庄内藩の北進を阻止する役目に就いた。


七月一四日になって官軍本営・明徳館に男鹿半島の物見役から至急の知らせがもたらされた。庄内藩の蒸気船が男鹿半島沖を北上しているとのことだった。その蒸気船が本当に庄内藩のものであれば、津軽藩と呼応して南北からはさみ撃ちにするための作戦行動に違いない。三卿はふるえあがり、はさみ撃ちにされる前に逃げるべしと大山格之助に詰め寄った。

「幽霊の正体は風に揺れる柳にごわす。まずは正体を確かめるのが肝要」

大山格之助は金輪五郎に蒸気船追跡を命じた。

金輪五郎は岩屋鬼三郎と佐々木三郎ほか数名の脱藩浪士と、一〇名を超える秋田藩士の合わせて一九名で蒸気船を追った。

「馬は大の苦手じゃ」

勢いよく走る馬からふり落とされないように掴(つか)まっているのがやっとだ。馬群は夕刻、能代湊に到着した。しかしここまでの海上にも、能代湊にも、蒸気船の姿はなかった。

翌朝、馬群はさらに北上する。峰浜(みねはま)・八森(はちもり)・岩館(いわだて)を越えて大間越(おおまごし)の関所に差し掛かった。ここから先は津軽藩領である。

月代を剃らず総髪一本結いの浪士と、身なり立派で青々と月代を剃りあげた秋田藩士、それらが混然となった一行を前に津軽藩の役人は戸惑った。佐幕派であれば通し、尊攘派であれば追い返せと命じられている。

「通行手形は佐竹公のものか」

金輪五郎は懐に二通忍ばせていた。

役人の口ぶりを確かめて、いかにもと秋田藩の許可した通行手形を差し出した。ほっとしたように関所役人が息を吐く。

「どのようなご用件で津軽領に立ち入るのか」

「黒船を探しに」

「なに」

金輪五郎の物言いに関所役人は腰を浮かせた。

「丸に十の字は薩摩藩の家紋。その旗を翻(ひるがえ)した黒船が秋田沖を北上するのが見えた。これはきっと薩摩軍が津軽藩に攻めこんできたに違いない。われらは同じ列藩同盟の一員じゃ。力不足かも知れぬが何かの役に立つはずだ。津軽領に入ったのちは指図に従うようにと、藩主・佐竹義尭よりそのように命じられてきた次第である」

「薩摩の黒船だと」

関所役人はうろたえた。

「道案内を頼む」

金輪五郎は関所役人の腕を取って前を歩かせた。手をふり払おうとしたがどうにもならない。握力が尋常でないのだ。そのくせ顔はニヤニヤと子供のように笑っている。この背の低い、肩幅が異常に広く張り、胸板の厚い男はいったい何者なのだ。

おびえた目でふり返る関所役人に無邪気な笑顔を向けた。

「俺は金輪五郎。お前さんは?」

「伊藤次郎八(いとうじろはち)」

「次郎八さんは馬に乗れるかい?」

「もちろんだ」

「そりゃぁすげぇ。じゃぁ、手綱(たづな)を頼む。俺は背中に掴まることにする」

伊藤次郎八を馬上に押し上げ、自分はそのうしろにまたがった。

今、知り合ったばかりの他国者に手綱を預ける武士など聞いたことがない。刀で威嚇(いかく)するならまだしも、赤子のように自分の身体にしがみついている。肚の座った達人か、そうでなければよほどの馬鹿に違いない。

伊藤次郎八はほかの関所役人に経緯を伝えて馬の肚を蹴った。

「どこに行けばいいのだ?」

問いかける声がいつの間にか浮き浮きとしている。

「深浦湊(ふかうらみなと)に」

「わかった。しっかり掴まっているのだぞ」

一九頭の馬群が大間越の峠を駆けくだってゆく。


左手に日本海を見ながら大間越街道が続く。水深は浅く波も荒い。蒸気船や大型帆船を係留することは不可能だ。だから船は皆、深浦湊を目指す。蝦夷地（えぞち）に向かうにも補給が必要であり、津軽海峡を太平洋側にまわるにも同様だ。内陸の津軽藩都・弘前（ひろさき）城下に物資を運ぶにも最短基地である。従って追捕（ついぶ）中の船は深浦湊に向かった可能性が高い。

しかし一行が黄金崎（こがねざき）までできたところで、どうやら陽が落ちたようだ。

「今日はここで泊まりだ。湯に入ろう」

伊藤次郎八は同意も得ずに馬を海側に走らせた。うしろの一八頭が訳もわからずそれに続いた。

「次郎八さん。海の中に湯が沸いているとでも言うのかい？」

「その通りだ」

馬をおりると着物を脱ぎ、素っ裸で岩場に歩いてゆく。金輪五郎も着物を脱ぎ散らかしてキャッキャと続く。ほかの一八名も同様にするしかない。

真っ赤な夕陽だ。波が打ち寄せる岩場に大きな水溜まり。湯気を上げている。その中にザブンと身体を投げ入れた。金輪五郎がそれに続き、追捕隊一八名が次々と吸いこまれた。

「おぉ。間違いなく湯だ。海の中に温泉が湧いているんだな。次郎八さん」

喜ぶのを見て胸をそらした。

「これが天下に聞こえた黄金崎・不老不死温泉(ふろうふしおんせん)だ」

二〇名は汗と埃(ほこり)を洗い流し、近くの漁師に一晩の宿と酒飯を借りた。


津軽藩の関所役人でさえ話をすれば相手が尊攘派か佐幕派かはわかる。秋田からきた一九名は間違いなく尊攘派だ。特に自分の隣でさかんに酒をすすめる金輪五郎という男は根っからの尊攘派らしい。

「会津も庄内も役目を果たしただけさ。会津は京で、庄内は江戸で、それぞれ幕府から命じられて市中警備にあたっていた。そこに蛤御門(はまぐりごもん)の変や江戸騒乱事件が起こった。会津は京で長州と戦い、庄内は江戸で薩摩と戦った。そして散々に打ち負かした。それを長州と薩摩が恨みに思い、朝敵賊軍として討伐しようとしている。天皇には関係ない。朝敵でもなんでもない」

金輪五郎は一息に語ってから伊藤次郎八の茶碗に酒をついでやった。

「だから長州と薩摩に味方することはできねえ。会津も庄内も奥羽の仲間っこだ。奥羽越列藩同盟がひとつになって薩長と戦えば勝てるのでねえか。勝てないまでも奥羽は列藩同盟幕府が治める独立国になれるんでねえべか」

津軽藩上層部の思いを代弁してみせた。

それまで静かに飲んでいた岩屋鬼三郎がゴンと音を立てて茶碗酒を置いた。

「この小さな島国を割って独立国をつくるなどは異国の思う壺。異国は虎視眈々と狙っている。日本はひとつにまとまって攘夷を敢行しなければならない」

「ひとつにまとまっていた国を壊したのは薩長でねえのか」

天井を見上げてつぶやいた。

「徳川幕府にはもう、この国をひとつにまとめる力がないのです。この国をひとつにまとめることができるのは天皇をおいて他にない」

佐々木三郎が穏やかな口調で諭した。

「徳川に代わって薩長幕府ができるだけでねえか。オラから言わせたら、薩長は自分たちのために天皇を人質にしている。……そうとしか思えねえ」

伊藤次郎八は金輪五郎の目に答えを求めた。

「次郎八さんの言う通りだ。薩長が悪い。薩摩の連中は自分たちの都合で昔の仲間も容赦なく切り捨てる。長州はそれを見て見ぬふりだ。相楽総三は散々、薩摩に利用され、その挙句に斬首ときたもんだ。今は戦の最中だから勤皇の志士だとか憂国の民だとか持ち上げるだけ持ち上げているが、戦が終われば、さぁ、どうするか。うしろ足で砂を掛けるようなことをするに決まってるさ」

「そこまでわかってて、どうして薩長に味方するんだ？」

「もう徳川幕府はなくなったんだ。徳川に代わって新しく誰かが強い国をつくらなくてはならない。そうでなければ清国のように異国に領土を奪われ奴隷にされてしまうからだ。尊王攘夷を叫んで死んだ仲間のためにも絶対にそんなことはさせない。だから一刻も早くこの無意味な日本人同士の殺し合いを終わらせて、異国との戦いに備えねばならない。俺はそう思う」

夜明けまで伊藤次郎八は考えた。一刻も早くこの日本人同士の殺し合いを終わらせるにはどうしたらいいのか。自分は何をすべきか。そんなことは今まで考えたこともなかった。津軽藩の最下級の関所役人が考えてもしょうがないと思っていた。上が決めたことに従って生きるのが下級役人の道と信じてきた。時勢がどう変わろうと、自分にどんな思いがあろうと、そんなことは生きてゆくにはどうでもいいことで、上の顔色を見て機嫌を損ねないように注意して、余計なことは言わず、腰をかがめて、笑みを絶やさず、上が決めたことに従って生きてきた。そうしなければ職を失い、妻子を養えなくなる。

外が明るくなった。七月一六日の陽が昇っていた。

「みんな起きてくれ。陽が昇った。それに東風だ」

ひとりひとりに声を掛けた。

「そうか。船が出てしまうのだな」

「次郎八さん」

「そうだ。その前に庄内藩の船を見つけないと面倒なことになる」

「そんなことぐれぇ。オラにもわかる。さぁ。急ぐべぇ」

一行は漁師への謝礼もそこそこに馬上の人となった。

「次郎八さん早えぇよぉ」

「一刻も早くこの戦を終わらせるんだべ」

伊藤次郎八の背中に金輪五郎がしがみついた。

深浦湊を見おろす断崖の上に一九頭の馬首が並んだ。

指をさす先に大型和船が停泊していた。

「丸に片喰（カタバミ）の三つ葉。庄内藩の家紋に間違いない」

そう言ってから金輪五郎は追捕団一同を見まわした。

「正体を確かめよとの命令であったからこれ以上の深追いは必要ない」

秋田藩士がひき返すように言った。

「そうだ。ここから先は俺の勝手だ。帰りたい奴は帰っていい」

肩を叩いた。

「オラに馬をおりろってか。馬鹿にするな。この崖をくだる道を知ってるのはオラだけだ。馬ごと落ちて死にたくねえならこのまま背中に掴まってることだ」

目をむいて文句を言うのをニヤニヤと眺めている。

「じゃぁ、行くか」

「おぅ」

「こんなところで死んじまったら、あの世で相楽総三に合わす顔がないぞ」

岩屋鬼三郎と佐々木三郎が笑ってうなずいた。

「次郎八さん。出陣じゃ」

朱鞘の長刀で馬の尻を思い切り叩いた。馬はいなないて狂ったように崖を駆けおりる。それに岩屋鬼三郎と佐々木三郎の馬が続き、残りの馬がひきずられるようについてゆく。秋田藩士は目をつむって念仏を唱えるしかない。


深浦湊いっぱいに轟（とどろ）く馬のいななきと蹄（ひずめ）の音は庄内藩帆船・玄昌丸（げんしょうまる）の船室にも届いた。何事かと乗組員が姿を見せた時、甲板の上に多くの侍が立っていた。皆、白刃を光らせている。

突然の襲来に乗組員の半分は海に飛びこんだ。船に残ったのは五人。いずれも身なりは侍姿。しかし突然のことで手に刀がない。

「なにやつだ」

「われらは官軍じゃ！」

伊藤次郎八が吹き出した。

「秋田藩はいつの間に薩長に寝返ったのだ」

庄内藩士の視線の先に馬群がある。馬の鞍に「日の丸扇」、秋田藩の家紋である。

「寝返ったのではない。もともと尊王藩。少し遠まわりをしただけのこと」

金輪五郎があごをふると追捕団が庄内藩士を取り囲んだ。

「さっさと殺せ」

座りこんでしまった。

「お前たちの命をもらう替わりにこの船をもらう。だが、それでは庄内まで帰るのに難儀だろうから、俺たちの馬をくれてやる。ただしひとりにつき一頭だけだぞ。残りの一四頭はこの男のだ。いいな」

あんぐりと口をあける。

「売ってもいい。働かせてもいい。かわいそうだが食ってもいい」

「食うもんか」

船内が捜索され、最新式のミニエー銃二〇〇挺と大量の弾薬が見つかった。これで北から秋田領に攻めこんでくれとの贈答品だった。深浦湊の役人が弘前城に使者を走らせ、津軽藩上層部からの指示を待っていたところを金輪五郎たちに踏みこまれたのだ。

庄内藩士は陸におろされ、裸馬に乗せられた。秋田藩士が鞭を打つ。庄内藩士たちは馬のたてがみにしがみついて遠くに姿を消した。

「蒸気船ではなかったのぉ」

伊藤次郎八は陸から甲板の上に声をかけた。

「それが良かった。帆船ならわれらだけで操船できる」

あごをふると佐々木三郎が書いたばかりの旗を帆柱の先に掲げた。

「官船かぁ！」

伊藤次郎八はわがことのように歓喜した。

「次郎八さん。世話になった」

「一刻も早く、この戦を終わらしてくれよな」

走りながら官船・玄昌丸を追いかける。

「わかった。任せてくれ」

にっこり笑って大きく手をふった。

「戦が終わったら遊びにこいよ」

「おぅ。そうするよ」

「不老不死温泉に浸かったんだがらな」

「あぁ。長生きするさ」

「きっとだぞ。死ぬなよ……金輪五郎！」

伊藤次郎八は小さくなってゆく官船にいつまでも手をふった。

官船・玄昌丸が土崎湊に戻ったのは七月二一日。

二〇〇挺のミニエー銃と大量の弾薬はすぐさま最前線に届けられた。

秋田藩一番隊・隊長・渋江厚光は庄内藩との藩境に近い象潟・塩越で銃五〇挺と弾薬を受け取った。運び入れた者の話によれば、それらはかつての家臣・金輪五郎が庄内藩船を拿捕し、戦利品として奪い取ったものと言うではないか。

「またしても五郎だ！」

周囲の者の肩を叩いて喜びたいのをぐっとこらえた。

渋江家に奉公にきたあの子が秋田藩を同盟離脱・官軍参加に導き、さらには最新式のミニエー銃を前線部隊に供給するとは、今や藩を救う第一級の活躍ではないか。

五郎が渋江家にきたのは一二歳の頃か。背は小さかったが胸板が厚く足腰が丈夫だった。そして何より気が強かった。今、思い返しても弱音を吐いたのを聞いたことがない。負けず嫌いと言えば聞こえはいいが、死んでも助けてくれとは言わない、はなからそんな言葉を持たずに生まれてきた子のようだった。あの気性を阿仁の両親は持て余したに違いない。元阿和尚の手紙には、どんな事でも一心不乱にやり遂げる芯の強さを持っている。どうかそれを試す機会を与えてもらいたいと書いていた。

奉公にあがったその日から道場の雑巾（ぞうきん）がけを命じた。これはお前だけの仕事である。お前がやらねば誰もやらぬと言い含めた。元阿和尚の手紙の真偽を確かめるつもりだった。五郎は毎朝、道場の雑巾がけをした。暑かろうと寒かろうと顔色ひとつ変えずにやる子だった。道場に足袋（たび）で立つのも辛い凍える朝に、井戸から桶に水を汲んで雑巾を絞り、頭と背中から湯気を昇らせて素足で雑巾がけをした。寒くて辛くないかと訊いてみたことがある。阿仁鉱山の冬に比べればここは極楽浄土ですと笑い飛ばした。次の者を指名するまで足掛け六年、一日も休まずに道場の雑巾がけをした。元阿和尚の言う通りだった。

その気性は剣術の上達にも役立った。背の低い五郎は背が高く腕の長い相手からさんざん打ちこまれた。しかしどんなに打たれても参ったとは言わない。頭から血を流し、口から折れた歯を吹き出しても、まだまだと言って立ち向かう。ほとんどの相手は気味悪がって道場を出ていった。そうでないときは周囲の者が割って入って試合をやめさせた。

ある日、五郎は自分の背丈の倍もある木刀を持ってきた。

『これならば背が低く、腕が短くとも相手に打ちこむことができる』

木刀を持ってみた。ずっしりと重かった。

『これほど重くては自在にふることができないだろう』

『軽くては一撃で倒せません。自在にふれるように鍛錬します』

その日から五郎はその長い木刀を朝から夜更けまでふりつづけた。ただ上から下にふりおろすのではない。正座のまま上下左右にふったり、仰向けに寝てふったり、片足でふったり、転がりながらふったりするのだった。周りの者がどんなに笑ってもその鍛錬をやめなかった。

雑巾がけと同じように一心不乱に長刀をふった。そのかいあって強くなった。長躯（ちょうく）の者との対戦でも俊敏な動きで相手の剣を避け、目にも止まらぬ速さで長刀を相手の面に打ちこんだ。

やがて渋江道場で五郎に勝る者はいなくなった。

一八歳で家臣に取り立てられてからは剣術だけでなく学問にも熱心だった。異人を斃すには砲術も軍略も熟知しなければならないとの道場の教えに従ってのことだ。やがて五郎は全国からやってくる憂国の志士と対等に語り合えるようになった。

そこにあの相楽総三が現れた。

五郎が相楽総三に感化されるのはわかっていた。いずれ脱藩することも。どんな事でも一心不乱にやり遂げる気性だ。尊王攘夷の志を持ったからには、じっとしていられるはずがない。異人を完全に追い払うか、はたまた自分が命を失うか、どちらかになるまで走り続けるだろう。そう思った。

あの日、障子の向こうに座った時、ついにきたかと思ったものだ。

『殿様、五郎です』

『いかがした』

『ご挨拶に参りました』

『……この夜更けにか』

『申し訳ございません』

『藩庁には二年の遊学と届けを出しておく』

『しかし、それでは』

『構わぬ。江戸と京の藩邸を使え。使える金を送っておく。その金で諸国を旅し、各地の志士と語り、知り得たことを手紙で知らせてくれ。ここにいては知ることのできない世の中の動きを知らせるのがお前の役目だ』

『……』

『五郎……命を無駄にするなよ』

『……』

『金輪五郎、お前はこの渋江厚光の家臣である。どこにいても、何をしても、お前は私の家臣である。たとえ、二年後に脱藩の身となっても、お前は、生涯、この渋江厚光の家臣である。そのことを忘れるな。よいな。五郎』

『……』

『返事をしてくれ。五郎』

『はっ。ありがたき幸せ。金輪五郎は生涯、渋江の殿様の家臣でございます』

あれから浪士隊や薩摩軍、赤報隊にあって折に触れ、手紙で世の中の動きを知らせてくれた。私が家老に復権できたのも五郎から届く知らせのおかげだったのだ。

「この戦が終わったらゆっくりと酒を酌み交わそうぞ。五郎」

渋江厚光はミニエー銃の銃身をなでた。

四、軍令

大村益次郎は江戸城に諸藩の責任者を招集して軍議を開いた。

「矢印の指す方向が北です」

配下の木梨精一郎(きなしせいいちろう)が一枚ずつ紙を配った。

紙の右上端に上向きの矢印、中央に大きな縦長の丸、その左下に小さな縦長の丸がある。大きな丸の線上四箇所に印があった。東だけに○。北北西、西、南には×が記されている。

「謎かけ遊びでも始めるつもりでごわすか」

薩摩藩の海江田信義(かいえだのぶよし)だった。

無視して大村益次郎が口を開いた。

「これより彰義隊(しょうぎたい)討伐の軍議を始めます」

大村益次郎にとっての軍議とは軍令、つまり指示を与えることであって、意見の出し合いでより良い作戦を発見することでも、対立する意見の妥協点を見出すことでもなかった。

壁に貼られた大きな紙の前に立った。配られたものと同じ図が書かれている。手に持った扇子を閉じて、その先を北北西の×に置いた。

「谷中門は長州藩」

西の×に置く。

「清水門は佐賀藩」

南に向ける。

「黒門は薩摩藩」

最後に東の○をさした。

「根岸方面は彰義隊の逃げ道としてあけておく。よって受け持つ藩はない」

着席して一同を見渡した。

「戦闘開始日時は追って伝達する。各藩は持ち場で次の軍令を待て。以上」

散会を告げて立ち去ろうとするのに海江田信義が声を荒らげた。

「待て！　待て！　待て！　こんな軍議があるものか。いつ戦を始めるかも言わず、応援部隊の有無も言わず、福笑いのような絵図面一枚渡しただけで戦えとは、馬鹿にするにも程がある。そもそも貴様は何故、我らに命令するのだ。ここに東征大総督府参謀・西郷隆盛という御仁がおられるにもかかわらずだ」

口から泡を飛ばして吠えるのを珍しい動物を見るような目で眺めている。

「戦の勝ち方を知っている」

「我ら薩摩は知らぬと言うか」

「はい」

海江田信義が腰の軍刀に手を伸ばした。その手を上から強く握ったのは西郷隆盛だった。西郷は若いころからの弟分である海江田の愚かさを知っている。それがまたかわいい。

「黒門は彰義隊が最も多くの人数をあてて死に物狂いで守っている。大村さんは薩摩兵に皆、黒門で死ねと言うのでごわすか」

「そうです。死んでください」

また軍刀に手を伸ばしたとき、西郷隆盛が大きな声で笑った。その場にいた誰もがあっけに取られている。

「上野の戦は大村さんにお任せしもっそ。薩摩は皆、黒門で死んでみせます」

西郷隆盛はまた大きく笑って軍議の場から姿を消した。海江田信義は大村益次郎をにらみつけながら背中を追った。大村益次郎も消え、諸藩の責任者もぞろぞろと出てゆく。その場に残ったのは佐賀藩の江藤新平と長州藩の木梨精一郎だけだ。

「木梨君には言ったんだろう？　大村さん」

江藤新平は壁に貼られた紙の左下に書かれた小さな丸を指さした。

「ええ。不忍池を越えて撃ちこむとおっしゃいました」

「それならそう言えばいいが、相手があの海江田だと確かに心配だ」

「だから持ち場だけを文字も書かずに口頭で伝えたんです」

「それを、いつ始めるのか、応援はあるのかと」

「戦を知らぬと言われても仕方ありません」

木梨精一郎は胸のポケットから木筆（鉛筆）を取り出して、不忍池の左に【ア】と書いた。

「木梨君も木筆を使うのだね」

「大村さんの受け売りです。確かにこれは便利です。この木筆一本を見ただけでも西洋がどれほど先を行っているかがわかる。だから攘夷などとできもしないことを吠えるなと……大村さんはおっしゃっていました」

江藤新平は壁から紙をはがし、折りたたんで胸のポケットにしまった。

「海江田さんは頭に血が上っていましたね」

「今日に始まったことではないだろう」

「あの書画骨董(しょがこっとう)の一件からでしょうね」

それは二〇日ほど前のことだ。江戸城に到着して早々、宝物蔵(ほうもつぐら)に入り浸る大村益次郎に、その行動をいぶかしんだ海江田信義が詰問した。

「江戸城に着くなり宝物蔵で幾日も何をしているのだ」

トゲのある言葉に面倒臭さそうにふりかえった。

「値踏みです」

「徳川が残した宝物を売って利を得ようとは、やはり素性は隠せぬな」

海江田信義は、大村益次郎は盗人であると江戸城内に言い触らした。百姓蘭医だから仕方ないがと付けくわえるのも忘れない。

数日後、宝物蔵に十数名の買い付け人が呼びこまれた。江戸市中の豪商や外国商社から派遣された者たちだった。それらの前で大村益次郎は掛け軸を広げて見せたり、壺の裏を触らせたりする。そして彼なりの説明をくわえた。買い付け人が何両で売るのかと聞くと、買いたい者が値を言い、一番高い値を言ったものに売る。つまり「競(せ)り」だと答えた。

慶応四年三月一三日（一八六八年四月五日）、東征大総督府参謀・西郷隆盛と旧幕府陸軍総裁・勝海舟（かつかいしゅう）の話し合いにより、江戸城が無血開城された。そのため徳川幕府が残した数千におよぶ書画骨董が焼かれずに残った。しかし江戸城無血開城を面白く思わない者も多かった。旗本などの幕臣は一戦も交えず新政府軍に降伏するなどは武士の恥である。今こそ徳川への義を彰（あきら）かにする時と彰義隊を結成して上野の山に集結した。

大村益次郎が最初に取り掛かったのは軍資金の工面だった。何しろ新政府には金がない。彰義隊を討伐するために必要な銃と弾薬を買う金がないのだ。金さえあれば横浜の英国商社から最新式の銃、弾薬、装備品、大砲までも買うことができる。それを兵士に配り、使い方を教え訓練すれば勝てる。今や槍・刀で戦う時代ではない。圧倒的な武力を持っている方が勝つのだ。そのためには金が要る。

大村益次郎は徳川幕府の残した宝物を売り払い五万両の金をつくった。さらには幕府が発注した軍艦ストーンウォール号の購入費用二五万両を差し押さえ、それらすべてを武器弾薬にあてた。江戸城内では諸藩の責任者が手並みに感嘆し、盗人呼ばわりした海江田信義をあざ笑った。

「江戸の町を焼いてはならぬと、大村さんは毎日絵図面を見ています」

江藤新平もうなずく。

「私には過去二〇年の江戸の梅雨入りがいつか調べておくよう指示された」

「私には江戸中の川に架かる橋を調べるようにおっしゃいました」

「その時は何を言われているのか皆目わからないが、あとになってなるほどそうかと気付かされる。そして気付いてしまうと配られた紙だけで十分だとわかる」

「しかしそれまでの経緯を知らぬ者には難しいでしょうね。西郷さんは全部を理解したのでしょうか」

「あぁ。だから大村さんに任せると言ったのだろう」

「スナイドル銃の数、弾薬の量、それに例の佐賀の大砲の砲弾量から計算して、戦争は夜明けから始めるとその日の夕暮れ前に終わると大村さんはおっしゃいました」

「そんなにうまくいくかね」

慶応四年五月一五日（一八六八年七月四日）、雨が降っている。

「雨は四日目だ。今年の梅雨入りは少し遅かったが、もう十分に濡らしたな」

軍務官判事・兼・江戸府判事。つまり新政府軍の最高司令官であり、江戸府の警視庁長官でもある大村益次郎は江戸市中が燃えることはないとの確信を持って、全軍に戦闘開始を命じた。江戸城から一里（四キロ）先の上野に軍令を伝える早馬が走った。

早馬の到着した黒門口では、今か今かと合図を待っていた薩摩兵がすぐに動いた。西郷隆盛が采配をふる。五〇本の青竹を組んだ楯で、じりじりと黒門に向かって押し出してゆく。青竹の裏には配られたばかりのスナイドル銃を持った二〇名が身をかがめている。

スナイドル銃の弾は火縄銃の二倍以上飛ぶ。

大村益次郎は銃を配った時にそのように説明させた。つまり彰義隊の弾が届かない外側から撃てる。同じ距離に近づいて撃てば何倍もの威力になるという意味だ。しかも元込式ですぐさま次の弾が撃てる。ましてこの雨である。火縄の火が消えてしまう彰義隊に対して、雨を気にする必要のない官軍に恐れるものは何もない。唯一、スナイドル銃は配られたばかりで撃ったことがない。それだけが心配だった。

黒門の内側では彰義隊鉄砲組の銃口が薩摩軍を狙っていた。

「まだ遠い。もっとひきつけろ」

火縄銃だけではない。ゲベール銃、ミニエー銃が火縄銃の何倍も多くあった。

「よいか。この黒門で薩摩軍を討ち払えばその噂は関越・奥羽の全藩に轟き、徳川に恩義ある者達がわれもわれもと上野の山に集まってくる。それらとともに薩長奸賊(かんぞく)を江戸から追い払うのだ。この一戦にかかっている。ひきつけろ。まだだ、まだ、……よし……撃て！」

彰義隊鉄砲組の放つ銃弾がバチバチと青竹に当たった。表面に傷だけを付けて滑り落ちる弾は火縄銃。穴を開けるのはゲベール銃とミニエー銃。さすがに何重にも束ねられた青竹を貫通する銃弾はない。

ヒューンと音を立てて青竹の脇を過ぎた銃弾が薩摩兵の喉首に当たった。鮮血を空中に吹き上げてその場に倒れると、仲間が片足ずつを持ち後方の陣地にひきずっていった。

彰義隊の射程距離が予想以上に長いのを見て、西郷隆盛は青竹をうしろにひかせた。それを見た彰義隊司令官は鉄砲組三〇名を黒門の外に押し出し、巨木や石段を遮蔽物(しゃへいぶつ)にして銃弾を浴びせた。

彰義隊を黒門の外に誘(おび)き出すことに成功した西郷隆盛はスナイドル銃部隊に一斉射撃を命じた。しかし、飛んだ弾は数発しかなかった。スナイドル銃は操作手順を間違うと安全装置がはずれず弾が出ない。欧米の戦争で暴発事故が多発し、改良されたのだ。

薩摩軍の抵抗が少ないことに勇気づけられた彰義隊は、黒門の内側から抜刀組五〇名を繰り出した。抜刀組は黒門口のくだり坂を白刃きらめかせて走った。鉄砲組が援護射撃した。抜刀組は勢いのまま青竹に飛びついて乗り越える。そこにはスナイドル銃の操作にあわてふためく薩摩兵がいた。銃の操作を諦めて逃げる背中を白刃が斬り裂いた。つんのめるように倒れた背中を抜刀組が次々と踏みつけてゆく。

くだり坂での勢いが衰えた抜刀組の前に、薩摩軍後方陣地から別の青竹が押し出てくる。抜刀組がふり返ると鉄砲組がすぐ近くまできていて、その銃口を新たな青竹に向けていた。

「いくぞ」の声を合図に飛びついた。一番先に乗り越えた兵士の首を、楯の裏に潜んでいた薩摩兵が斬り落とす。首を失った身体が青竹の表面を滑り落ちた。

「今だ。倒せ！」

西郷隆盛の掛け声で抜刀組をぶらさげたまま青竹が黒門側に押し倒された。下から這いずり出た抜刀組を取り囲んで切り刻んだ。

坂道を駆けあがって逃げる彰義隊を追いかける。同時に薩摩軍後方陣地から操作に慣れたスナイドル銃の弾が飛んでゆく。射程距離が違う。

ここからではとても届かないと彰義隊司令官は鉄砲組を黒門の内側にひき揚げさせた。坂道を駆け登る抜刀組にスナイドル銃の弾が撃ちこまれる。バタバタと倒れるのを仲間がひきずって姿を消すと黒門は固く閉ざされた。


「応援はまだか」

薩摩軍の後方陣地で海江田信義が怒鳴った。

そこへ江戸城からの返答を持った伝令が駆け戻った。

「応援なし。敵闘せよ……とのことでございます」

伝令は素早く陣幕の外に姿を消した。怒りに任せて刀を抜くと思われたからだ。

「百姓蘭医め」

海江田信義は江戸城の方角に唾を吐いた。


「新しい鉄砲の撃ち方には慣れもしたか」

青竹の裏で車座ができていて中心に西郷隆盛がいた。

「ようやっと慣れもした」

兵士が答えると目を大きくして笑顔を返した。

「それは良かった。……安心したら……腹が空いた」

後方陣地への撤収を命じるとどっと笑いが起きた。

この日、昼まで黒門口ではこんな小競り合いが何度かくりかえされた。


同じ日の昼過ぎ、佐賀藩の江藤新平は遠方をにらんでいた。足元に不忍池が広がり、視線の先に上野の山がある。ポケットから折りたたまれた紙を出して広げる。小さな丸の左に【ア】と書いていた。今、江藤新平はその場に立っている。

「頃合い良し。山頂を狙え」

脇で数人の男たちが機敏に動いた。

「狙いを山頂に合わせました」

「撃て」

上野山と手前の不忍池は加賀藩邸の広大な庭の借景となっている。その庭に佐賀藩のアームストロング砲が据えられたのは一刻前だ。

アームストロング砲は戦況を一変させる。これがいつどこを通ってどの場所に据えられるのか……その情報が彰義隊に漏れれば強奪されかねない。従って移設は極秘裏におこなわれた。

知る立場にあったのは軍令を出した大村益次郎と、伝えた木梨精一郎、受け取った江藤新平の三名だけである。

この日、夜明けを待って菰で覆われたアームストロング砲は日比谷の佐賀藩邸を出発した。同じ頃、江戸城から上野に早馬が走り戦闘が開始された。谷中門、清水門、黒門でほぼ同時に戦闘が始まり彰義隊はその戦闘に集中した。官軍の動きを偵察するために江戸市中に潜んでいた彰義隊員も上野方面からの銃声を聞いて急いで駆け戻った。これによりアームストロング砲は誰の目にも触れることなく加賀藩邸に移設されたのだった。


轟音を残して砲弾が飛んでゆく。やがてはるか先、上野の森の奥で煙が上がり、遅れて着弾音が跳ね返ってきた。

「今少し手前に落とせ」

砲術隊が砲口の角度を微妙に変える。

「山頂に寛永寺・根本中堂がある。彰義隊の本拠だ。それを木端微塵にする」

発射された砲弾は意図したところに着弾して煙を上げた。

「燃えるのは寛永寺だけだ。江戸市中に火は燃え移らない」

江藤新平は空を見上げる。その顔に小降りの雨粒が落ちてくる。

「弾をこめろ……撃て」

不忍池を越えた砲弾はさきほどと同じ場所で煙を上げた。


黒門口の薩摩軍陣地にも着弾音が聞こえた。

「何の音だ。彰義隊の大砲か？　誰か、調べてこい」

あわてて腰を浮かす海江田信義を西郷隆盛が片手で制した。

「着弾音は上野の山からだ。官軍が撃った大砲の弾が落ちたのだろう」

「百姓蘭医め。なぜ、そのことをわれらに言わぬ」

海江田信義の肩をポンポンと叩いて立ち上がった。薩摩軍兵士全員が西郷隆盛の口元に目を向けた。

「味方の大砲が彰義隊の本拠を撃ち始めた。本拠を焼かれた彰義隊が決死の一戦に出てくるは必定。その戦場はこの黒門口に間違いなか。死を覚悟した兵士は強か。それに勝つにはこちらも死を覚悟するほかなか」

西郷隆盛は一同を見まわした。

「皆、おいと一緒に死んでくれるか！」

「おぉう！」

全員が立ち上がって拳を天に突きあげた。


上野戦争は日没前に終わった。

黒門口で死に物狂いの戦いを見せた薩摩軍が彰義隊を圧倒し、黒門の内側に攻め登った。

谷中門と清水門でも官軍がよく戦って彰義隊を押し返した。

個別に撃破され、組織的な戦闘が不可能になった彰義隊員は根岸方面に脱出していった。

官軍は予定逃走経路の根岸から先にあらかじめ諸藩を配置し、江戸市中に続くすべての橋を封鎖した。

彰義隊員は北に向かうしかなかった。

「すべて大村さんの想定通りだった」

江戸城に戻った木梨精一郎と江藤新平はあきれたように笑い合った。

五、奮迅

庄内藩は軍を三つに分けて北進した。日本海沿岸を本荘に侵攻する部隊、鳥海山を越えて矢島に向かう部隊、内陸・横手を目指す部隊だ。

庄内軍は無敗。一度も負けたことがない。将に才があり、兵に勇があった。しかも好まざるとに関わらず戦にひきずり出され、慣れている。

それにひき替え秋田藩は弱かった。装備も古く経験もない。そのくせ他国者から命令されることを嫌い薩長参謀との対立をくりかえした。それは命令系統を混乱させ、前線の士気を下げ、結果、連戦連敗を重ねている。

七月二八日、庄内軍・鳥海山越え部隊の急襲で矢島が陥落。

金輪五郎たちが玄昌丸で土崎湊に凱旋したわずか七日後のことだ。矢島をしりぞいた藩主・

藩士・領民は各地で追撃部隊と戦い、多くの犠牲を出しながら仙北(せんぼく)（大仙市角間川(だいせんしかくまがわ)）まで退却。さらに数日を掛けて雄物川を船でくだり、土崎湊で官軍本体に合流した。


八月六日、本荘が陥落。

本荘藩は籠城決戦を主張したが官軍参謀に容(い)れられず、庄内軍・沿岸部隊が攻め入る前夜に本荘城は自焼された。燃える城をふり返り、歩いてはまたふり返り、泣きながら藩主・藩士は秋田に退却した。


八月八日、亀田藩が降伏。

亀田藩は官軍から見捨てられた。

藩境に兵を進め、陣を敷いていた。そこから兵士を象潟や西目の最前線に送り、官軍参謀の命令に従い戦ってきた。それなのに退却の際には連絡さえなかった。

数日前、軍議において亀田藩の将が官軍参謀に反発した。官軍参謀は額を鉄扇で打った。将が刀を抜こうとしたのを周囲が押しとどめたが、両者の間には深い溝が残った。

亀田藩は秋田への退却・官軍合流を検討したが、藩主は降伏を選択した。理不尽な官軍に反旗を翻したのだ。出頭した亀田藩主を庄内藩は賓客として遇し、和議を成立させた。亀田藩は庄内軍の一員として官軍と戦うことになった。

羽後国の三小藩すべてが庄内軍に敗れた。装備が旧式で兵力も乏しいのだが、一緒に戦った大藩・秋田藩の弱さが原因である。金輪五郎が前線に届けたミニエー銃の扱いもままならず、戦術も戦国時代のそれで、味方の官軍兵士にもその弱さを笑われる始末だった。

八月一一日、庄内軍の内陸部隊は横手城に迫った。

「庄内軍強し」の報は横手にも伝わっており、官軍は早々に全軍秋田退却を決定した。兵の損失を回避し、分散する戦力を集結して敵を迎え撃つ戦略は当然と言えた。しかし先祖代々、横手城を預かる城代・戸村大学は籠城戦を選択する。残ったのは運命をともにすると決意した三〇名だった。

横手城を包囲した庄内軍は降伏勧告の使者を送ったが、戸村大学は城内に勾留した。庄内軍は大手門と搦手門の両方から一斉射撃を開始する。横手城内からも火縄銃で応戦するが、銃の数が少なく威力もなかった。

庄内軍がさらに距離を詰めて大手門を一斉射撃。それに応じようと横手城内の兵士が大手門に集結した。それを見た庄内軍の一部が別の門から突入。城内において白兵戦が始まった。

戸村大学は大手門に集結した兵士に叫んだ。

「皆、ひとつの火の玉となれ！」

戸村大学は大手門を内側からあけさせた。三〇名の火の玉が庄内軍に突っこんでゆく。

全速力で近づいてくる火の玉に一瞬、あっけに取られた。鉄砲を構える間もなく白刃が打ち合わされた。

火の玉は戸村大学を守り、その戸村大学が火の玉の先に立ち、つむじ風のように包囲網を突破して脱出に成功した。もぬけの殻となった横手城は焼かれ、庄内軍は秋田を目指した。


連戦連敗の中、最北の大館城から南部軍侵攻の報がもたらされた。

しかし藩主と重臣は信じなかった。佐竹家と南部家は親戚である。関ヶ原以前から親睦を深めてきた間柄なのだ。攻めてくるはずがない。侵攻は形式的なものだろうと判断した。

その証拠に手紙が届いていた。

それには【どうしても戦をしたように見せねばならぬ時は空砲を撃つから安心して退却してもらいたい。一晩か二晩ののちには何かの用事をつくって南部領にひ引き返すつもりだ】と書いていた。

大山格之助は秋田藩主・重臣を無視して、大館への援軍派遣を決定する。しかし派遣できる官軍部隊がない。秋田藩の砲術所総裁・須田政三郎（すだまささぶろう）を援軍責任者に指名した。

須田政三郎は勤皇党に属し、早くから列藩同盟離脱・官軍参加を主張した。自身も学んだ砲術所に対して、仙台藩士襲撃を金輪五郎とともに扇動したのだった。仙台藩士惨殺の報に接しても尚、ためらう藩主・重臣を同盟離脱・官軍参加でまとめあげ、大山格之助から一目を置かれる存在となっていた。

秋田藩はこれに応じ、体裁を整えるため登城を命じ、二三歳の須田政三郎を家老職にするが、兵は一人も出せないと塩をまくようにして城外に追い出した。

須田政三郎は大山格之助から官軍の一員になっている金輪五郎ら脱藩組を連れてゆく了解を取りつけた。

八月五日、金輪五郎は須田政三郎に従い、高瀬権平、岩屋鬼三郎、佐々木三郎らとともに大館に向かった。

八月八日、昼、大館城主・佐竹大和に謁見。戦時でなければ絶対に目通りできない藩主一族である。三〇歳の佐竹大和はいかにも育ちの良さそうな白い顔に、金の刺繍で縁取られた赤い陣羽織を着て、唐草模様の脇息に肘を乗せて座っていた。

脇の茂木筑後が状況を説明した。茂木筑後はこの時、一九歳。南部藩領と接する十二所城の城代である。その十二所近くまでに南部軍が迫っているとの報が届いたのは七日前の八月一日だと言う。

「南部軍は十二所口、葛原口、別所口、雪沢口の四方面から迫っております。探ってきた者によれば十二所が本隊でその数約六〇〇、葛原も同じく六〇〇、別所は二〇〇、雪沢は三〇〇、あわせて一七〇〇とのことです」

「大軍ですな」

須田政三郎は天を仰いだ。

「本隊をひきいるのは南部藩家老・楢山佐渡」

「なぜそれをご存知なのですか」

「本人から手紙が届きました」

茂木筑後は懐から手紙を出して広げて見せた。

「その手紙にはなんと」

「列藩同盟のお目付け役として仙台藩士が同道している。その手前、本意ではないが軍を進めることになった。しかし佐竹と南部は親戚の間柄。決して弓矢鉄砲を交えることはございませぬ。いかんともしがたく鉄砲を撃たねばならぬときは空砲を撃ちますゆえ、ごゆるりと退却されたし。数日後には何かの用事を仕立てて戻る所存。……このように書いています」

須田政三郎がふり返る。金輪五郎は首を横にふった。

「罠（わな）にございますな」

須田政三郎は佐竹大和を見据えて言い放った。

「なぜそのように思うのです」

茂木筑後は視線をひき戻そうとするが須田政三郎の目はまっすぐ佐竹大和をにらんでそらさない。

「国を失うからです」

大声を発したのは金輪五郎だった。

「こちらは官軍参謀・大山格之助殿から借り受けてきた金輪五郎です。この者の言うことは官軍の総意であります」

須田政三郎が頭を下げ、自分の隣に金輪五郎を座らせた。

「申してみよ」

それまで黙していた佐竹大和が小さな声で促した。金輪五郎は平伏してからゆっくり頭をあげる。背筋が伸びて分厚い胸板が少しそり返った。

「今、各地で列藩同盟軍と官軍が戦をしています。負けた者は勝った者によって国を奪われます。負ければ南部は国を失うのです。そんな時に昔からの親戚だから攻めこまないなどと言うのは、こちらを油断させるための罠に決まっています。お人好しもいい加減にしなくてはなりませぬ。関ヶ原の時のしくじりをまたくりかえすのですか。時勢を読み違えてはなりません」


関ケ原の戦いの折、佐竹義宣は石田三成との盟約を守り、常陸から出ることなく、徳川家康の東軍に味方しなかった。西軍に勝ち目ありと見ていた節もある。その結果、常陸五四万石から秋田二〇万石に減封された。関ヶ原の時のしくじりを持ち出して佐竹大和の目の奥に語りかけたのだった。

「戦場にあっても信義を守るのが武士である」

佐竹大和は不快さを隠さずに出ていった。

その日の夜、金輪五郎たちは援軍として十二所城に入った。茂木軍は二〇〇名。南部軍本隊の三分の一に過ぎない。その茂木軍は援軍と聞いて視線を動かしたが、わずか二〇名と知ってすぐにくるりと背中を向けた。

皆、周囲と語らい穏やかな表情を浮かべている。これから戦をする兵士たちとは思えない落ち着きぶりだ。

「南部からの手紙で皆、油断しています」

「あぁ。しかも援軍がわずかしかこなかった。やはり手紙は本当だ。南部は攻めてこない。皆、そう思っただろう」

翌朝・八月九日、金輪五郎たちは十二所城の大広間に集められた。

一段高い畳に茂木筑後が座り、板の間に十二所城重臣二〇名と金輪五郎ら援軍二〇名が向かい合った。

「さっそくだが」と、茂木筑後が懐から手紙を取り出した。

「たった今、南部藩家老・楢山佐渡からの戦書が届いた」

戦書と聞いて重臣たちは驚きの表情で身体を向けた。

「十二所城を明け渡せば命は助ける。応か否か即答を求む」

重臣たちがどよめいた。

「再考されたし！」茂木筑後に最も近いところに座っていた老将が声を発した。その目は金輪五郎たちに向けられている。

「再考されたし……との返書を送るのが最良の策。南部は仙台の手前、強行に出ているが戦を避けたいのが本音。考え直せと送ればそれについて評議を開く。仮にまた戦書を送ってきても、またまた再考されたしと返す。これをくりかえして時を稼ぐ。これが最良の策である」

言い終わると老将は茂木筑後に顔をまわして平伏した。ゆっくりとあげた顔に満足そうな笑みを浮かべ、顎髭(あごひげ)をなでてから胸をそらし、金輪五郎たちににらみをきかせた。

「時を稼ぐとどうなるのです？」

須田政三郎が問うと老将はその場に立ち上がった。

「南部軍が帰る。……なぜ？　と思われるだろう。十二所に初めて足を踏み入れた方々ならばそう思うのも当然。しかし関ヶ原の昔からわれら十二所は南部と一度も戦をせずにきたのだ。山林の境界やマタギの猟場でいさかいがあっても話しあいで丸く収めてきた。二六〇年。親子何代であろうか。秋田と南部は親戚。決して戦をしてはならぬと親が子に教え、子が孫に教えた。それは南部も同じこと。そもそも南部の宿敵は津軽。津軽をたおすために秋田と組みたいと思っている。だから敵にまわすことはないのだ。おわかりいただけたかな」

老将は座り、身体をまわして「さっそく再考の使者を送りましょう」と茂木筑後に平伏した。

「異論はないか」

金輪五郎が立ち上がった。

「時を稼ぐのは悪くない。その間に大館城に知らせて援軍を呼ぶ。援軍が来るまでは籠城戦で持ちこたえる。この城を囲んだ南部軍をはさみ撃ちにすれば勝ち目はある」

須田政三郎も立ち上がった。

「われらは少数だが、皆、鉄砲の扱いに慣れている。最新式ミニエー銃も運んできた。少ない銃で多くの兵と戦うには籠城戦が最良なことは疑いようがない。今すぐ藩境の兵を十二所城内に呼び戻すべきです」

「それはできない」

老将だった。

「呼び戻せばその背中を追えと仙台が命じる。わずかでも出張(でば)っているからこそ南部はそれを理由に動かないのだ。城に呼び戻すなどは仙台の目付に戦を始めるきっかけを与えるようなものだ。それに援軍はこない。佐竹大和は十二所などなんとも思っておらんのだ。大和だけではない。歴代の大館城主は十二所を端くれの砦（とりで）程度にしか思うておらぬのだ。大館城下さえ無事であればよそは知らぬというのが大館城の者達よ。大館に頭を下げて援軍を頼むくらいなら南部にくだったほうがまし。十二所の者は皆、そう思うておる」

　それまで黙していた他の重臣たちも「大館よりは南部の方がましだ」と声を荒らげた。一九歳の茂木筑後が「静まれぃ」と一喝すると口をつぐんで平伏した。

　茂木筑後は再考の使者を送り、十二所城兵士総員二〇〇名で三階橋（さんがいばし）に進軍すると宣言して軍議を終わらせた。


　十二所と南部領・花輪を結ぶ街道は別所川に架かる三階橋で結ばれていた。到着したのは朝五ツ（午前八時）。川霧が視界を悪くしている。川向うの村も秋田領ではあるが南部軍によって占領されていた。

「再考の使者」はすでに出立している。

　老将ひとりが三階橋の中央に立ち、使者が戻って来るのを待っている。茂木軍と援軍合わせて二二〇名が三階橋のこちら側に陣を敷いてそれを見守った。

川霧を蹴散らして幟旗(のぼりばた)を背に差した武者が駆けてくる。まるで戦国時代の使者そのものだ。

再考の使者は老将の前で立ち止まり片ひざをついた。

少しして老将はふり返り、にこりと笑顔でうなずいた。

茂木軍が「おぉー」と歓声をあげる。

その時、パンパンと音がして橋の上の老将と使者が倒れた。

次にヒュンヒュンと鉄砲玉が飛んできて茂木軍兵士をバタバタと倒した。

「空砲じゃねえぞ」

「本物の鉄砲玉だ」

「南部のだまし撃ちだぁ」

風が吹いて川霧が流れた。三階橋の向こうに南部軍の鉄砲隊がいた。その数、五〇はくだらない。そのうしろに南部軍本隊が黒山をつくっていた。

須田政三郎は援軍にミニエー銃による応射を命じた。金輪五郎は買って出て茂木軍鉄砲隊を指揮した。

「陣羽織の武将を狙え。指揮官だ。雑兵(ぞうひょう)は撃つな。弾がもったいない」

茂木軍の鉄砲隊二〇名の半分は火縄銃だ。残りも西洋銃ではあるが先込め式で次の弾を撃つのに手間がかかる。金輪五郎は鉄砲隊を三組に分けた。

「いいか、撃ち終わったら一番うしろにまわって弾込めをしろ。弾込めが終わったら狙いをつけろ。指揮官を狙うんだ。間違っても味方を撃つなよ。それ、撃ち終わったらうしろにまわるんじゃ。そうじゃ、長篠(ながしの)の合戦じゃ」

茂木軍と援軍の一体となった銃撃で南部軍本隊は三階橋を渡れずにいた。

このまま押し返すかに思われたが、別所口隊二〇〇が南から迫ってくるとの報が入った。すでに別所川を渡河(とか)し一目散に駆けてくると言う。

金輪五郎は茂木軍鉄砲隊の半分をこの対応に向けた。東と南を両睨(にら)みしながら銃撃しているところに、今度は北から葛原口隊六〇〇が迫ってきた。

三方向から囲まれては全滅する。須田政三郎は退却を具申した。茂木筑後は顔を青くしてうなずくしかなかった。

金輪五郎たちが殿(しんがり)をつとめた。撃っては後退し、走っては物陰から撃ち、茂木軍の総退却を成功させた。

茂木軍は十二所城をみずから焼き、十二所城管轄の大滝温泉の村も焼いてさらに西に逃げた。扇田村からは大館城管轄となる。茂木軍は扇田村の北にある大館城には向かわず、大館城管轄の最も西にある岩瀬村まで退却した。

八月一一日、勢いづいた南部軍は無抵抗の扇田村を占領し南部領と宣言した。このとき一際派手な陣羽織を着た男が村人に目撃されている。その知らせは扇田村の百姓から大館城ではなく岩瀬村の茂木軍に届けられた。

金輪五郎はニヤニヤしながら人を集めた。高瀬権平、岩屋鬼三郎、佐々木三郎の面々だ。しばらく顔を寄せてのヒソヒソ話。三人は岩瀬村を出ていった。

金輪五郎は須田政三郎に挨拶し、三人とは反対方向に走っていった。

南部軍は扇田村に分散宿営した。その数、一千名。

総大将・楢山佐渡は村内で最も広い境内を持つ寿仙寺(じゅせんじ)の本殿に側近とともに入った。護衛のため兵士二〇〇名が境内に詰めている。

寿仙寺は四方を水田に囲まれて見晴らしがいい。山門が夕焼けに染まった頃、ガラガラと荷車をひく音が聞こえてきた。目を向けると列をなして近づいてくる。ひいたり押したりしているのは百姓たちだ。山門の前で見張り役が止めた。

「何者だ」

「へぇ、扇田村の百姓でごぜぇます」

「百姓が何用じゃ」

「扇田村は今日から南部様がお治めになると伺いましたもので、お祝いの御酒(ごしゅ)をお持ちしました」

確かに一〇台の荷車には大きな酒樽がふたつずつ並んでいた。

「祝いだと？」

見張り役が怪しむのに百姓は、秋田藩の年貢の取り立てがあまりに厳しかったものでと手を揉んだ。

そうかとうなずいた見張り役は、酒は受け取り、殊勝(しゅしょう)な心がけはご家老に伝える。だが境内に入ることはまかりならんとにらみつけた。

仰せの通りにと大樽をおろし山門の前に並べた。すべての樽をおろし終わると、百姓たちは今きた道をひき返していった。

篝火が燃えている。寿仙寺境内は明るく、その中で兵士たちが酒を飲んでいる。酒宴が許されてから一刻が過ぎた。水田をはさんだ遠巻きの林に隠れた三人の百姓がその様子を眺めている。

兵士が大きな酒樽を抱えて本殿の中に入ってゆく。遠目ではあるがにぎやかな掛け声とともに知ることができた。これで三樽目だ。三人の百姓はうなずきあってその場から姿を消した。

日付が変わって八月一二日、夜八ツ（午前二時）、寿仙寺の山門を三人の侍が足音を立てずに潜った。境内は静かだった。本殿の扉をあけ、提灯に火を灯して中を照らした。誰もいない。三人の侍は寝ていた住職を叩き起こし、喉元に刀を当てて尋問した。それによると酒に酔って寝ていた楢山佐渡が夜中に目を覚まし、突然、移動を命じた。出立は一刻前で行き先はわからないと言う。三人の侍は走って寿仙寺の山門を出た。そこに大勢の兵士が立っていた。

暁七ツ（午前四時）、扇田神明社（しんめいしゃ）は濃霧に包まれていた。篝火はない。日の出前の薄明りの中、鳥居の前に居並んだのは茂木軍二四〇名だ。

一刻をかけて南部軍の移動先が神明社であることを突き止めた。境内で二〇〇名の兵士が眠っているはずだ。そして社殿には総大将の楢山佐渡がいるだろう。しかし濃霧によって境内の様子がわからない。扇田神明社は森に囲まれ、その森は山に続いている。夜襲を警戒した楢山佐渡が深い森に自軍を隠したのだ。

茂木筑後と須田政三郎がどうしたものかと顔を見合わせた。それを高瀬権平、岩屋鬼三郎、佐々木三郎が取り囲む。真夜中に村人を叩き起こしてあちこちに走らせ、ようやく突き止めたまでは良かったが、この濃霧だ。目の前にいる人の顔もわからない。

「待たせた」

声のする方をふり向くと霧の中からぬっと金輪五郎が現れた。うしろに一〇人の男たちが立っている。皆、獣の毛皮を着て、腰に小刀を差し、火縄銃を背負っていた。

「故郷の阿仁から連れてきたマタギ衆だ」

胸をそらして笑顔を見せた。

「霧に向かって探り撃ちでもしてみるかい?」

砲術を知っている須田政三郎がそうしてくれと返した。

金輪五郎は阿仁マタギ衆を五人ずつ二組に分け、探り撃ちを命じた。バン、バーンと五発の銃声が濃霧の境内に轟くと「敵襲だぁ」と声が聞こえた。

敵はどこだと濃霧の中から五、六人の南部軍兵士が顔を出す。それに残りのマタギ一組が火縄銃の弾を撃ちこんだ。

「熊撃ちと同じ要領だぁ」

得意げに茂木筑後を見る。

「われらも熊撃ちをするぞ」

茂木筑後は自軍鉄砲隊の指揮を金輪五郎に委ねた。

濃霧の探り撃ちに眠りこけていた南部軍は大混乱に陥った。霧から顔を出しては撃たれ、弾の当たらなかった者は茂木軍が取り囲んで斬り刻んだ。

やがて陽が昇り霧が蒸発した。視界が開けると南部兵の恐怖心は消え、白刃を手に突っこんでゆく。境内は両軍入り乱れての斬り合いとなった。

「陣羽織を狙え」

金輪五郎はみずからミニエー銃を撃ち、阿仁マタギ衆と茂木軍鉄砲隊を指揮した。

須田政三郎は茂木軍の一部を借りて遊撃隊となった。南部軍が退却するとすれば扇田神明社の深い森を抜け、十二所経由で花輪を目指すはず。

「それを待ち伏せる」

勢子(せこ)から追い詰められる熊のように南部軍は茂木軍に追われ十二所に向かって退却した。そこに須田政三郎の遊撃隊がいた。はさみ撃ちにあった南部軍は四分五裂となった。命令系統は寸断され、各自、散り散りになって南部領を目指した。総大将・楢山佐渡も馬をおり、陣羽織を脱ぎ捨てて走った。

一〇〇人に近い死傷者を出して敗走した南部軍は十二所も走り過ぎ、いっきに花輪まで退却した。

十二所まで追撃した茂木軍と阿仁マタギ衆はそこで勝鬨(かちどき)を叫んで、扇田神明社にひき返した。

南部軍が盛岡からの補充を得て、ふたたび秋田領に進出したのは八日後の八月二〇日。無人の十二所を過ぎ、扇田村に迫る南部軍兵士は三千名に上った。最新式西洋銃を豊富に揃え大軍で迫る南部軍に佐竹大和ひきいる大館軍五〇〇はひとたまりもなかった。まともに戦うことなく扇田村を放棄して大館城に退却。それを見た扇田神明社の茂木軍は岩瀬村に移動した。

南部軍は八日前の敗戦の原因を村人による密告と決めつけ、扇田村全四〇〇戸を焼き払った。

翌・八月二一日、迫りくる南部軍を前に、大館城主・佐竹大和は籠城決戦を主張したが重臣から諌(いさ)められ、大館城に火を放って荷上場(にあげば)（能代市二ツ井(ふたつい)）まで退却する。岩瀬村の茂木軍もそれに続いた。

八月二七日、南部軍三千名は荷上場まで進軍する。待ち構えるのは大館勢と十二所勢合わせて七〇〇……南部軍はそう見こんでいた。しかしこの頃から援軍が到着し始めていた。越後方面での戦争に勝った官軍の一部で主力は佐賀藩・長崎藩などの九州勢だった。

佐賀藩は彰義隊討伐で使ったアームストロング砲二門をはるばる江戸からひいてきていた。大村益次郎の発した軍令によるものである。砲身の両側に車輪の付いたアームストロング砲は移動がしやすい。これを前線にひいてゆけば、その機動力・射程距離・命中率で戦況を一変させた。

大村益次郎は江戸城にあって兵站戦略も細かく指示した。砲弾や火薬は官軍拠点の新潟から日本海を蒸気船で能代に届け、米代川舟運（よねしろがわしゅううん）に積み換えて荷上場におろした。

砲弾・火薬の補充は途切れることがない。援軍兵士も次々と上陸する。俄然、荷上場の秋田勢は活気づいた。阿仁マタギ衆とともに金輪五郎も砲弾や火薬の運搬を手伝い、時には登り坂でアームストロング砲を押した。

そのアームストロング砲が火を吹いた。
八月三〇日、秋田勢は大館の手前の早口村を奪還。
九月　六日、大館奪還。
九月一五日、十二所奪還。
九月二〇日、南部藩は停戦の使者をたて、降伏した。

奥羽越列藩も次々と降伏していた。
八月二四日、米沢藩降伏。
九月一〇日、仙台藩降伏。
九月二二日、会津藩降伏。
九月二三日、長岡藩降伏。
同日、庄内藩降伏。

戦争に明け暮れたこの年、元号が慶応から明治に改められた。
江戸は東京に名を変えて、天皇は京都から東京に移った。東京遷都である。

明治元年（一八六八）一一月一八日。

奥羽鎮撫使（官軍）は東京に凱旋する。金輪五郎も阿仁マタギ衆とともに東京に向かった。マタギ衆は官軍兵士と同様にボタンの付いた洋服とズボンに身を包み、生まれて初めて革靴を履いて長旅を続けた。

金輪五郎は着流しで朱鞘の長刀を腰に差し、足は草鞋履き。阿仁マタギ衆をからかいながら、異常に張った肩幅で風を切って歩いてゆく。


高瀬権平、岩屋鬼三郎、佐々木三郎は秋田に残った。

「勝利したとはいえ、戦場となった故郷は傷だらけだ。東京には行けない」

脱藩から運命をともにしてきた仲間との別れだった。


翌・明治二年（一八六九）の春。

金輪五郎は阿仁マタギ衆を送りに秋田に戻った。

しかし昔の仲間とも渋江厚光とも会わずにすぐにまた秋田を出ていった。

六、草莽

明治二年（一八六九）五月一八日、函館の旧幕府軍が降伏。鳥羽・伏見の戦いから一年半で戊辰戦争は終結した。戦争を指揮した新政府軍最高司令官・大村益次郎は名を改めた東京城でその報告を受けた。

同時に新政府から日本国軍の創設を託される。すでに構想は固まっていた。四民平等・国民皆兵（徴兵制）である。長州征伐でも、戊辰戦争でも、強かったのは農民兵だった。武士などは威張るだけでいざという時に役に立たない。そもそも人間に出自など関係ないと信じ切っている。武士階級の特権を温存し、士族の職業軍人化（世襲制）を目指す者達との隔たりは大きい。

秋田を出る前に金輪五郎が立ち寄った所がある。渋江家の菩提寺・全良寺。戊辰戦争の際、官軍傷病兵の病院だった。丘に登り息を飲んだ。丘全体が墓石で埋め尽くされていた。日暮れまでその一つ一つに手を合わせ、最後に長年連れ添った朱鞘の長刀を奉納して辞去した。

同年九月、金輪五郎は京都にいた。

京都西石垣四条下ルに浮蓮亭という名の料理屋旅館があった。土佐藩御用達で二年前に暗殺された坂本龍馬や中岡慎太郎も足を運んでいた。そのため志士の間で人気があり、溜まり場になっていた。

浮蓮亭二階の座敷に顔を出すと七人の男が待っていた。

首謀者で脱藩志士の団伸二郎が金輪五郎に声をひそめた。

「京では木屋町の水亭に泊まるらしい。わが長州藩の御用達だ」

「どうしても誅するのか」

「金輪さん今頃何ですか」

「誰かに焚きつけられてやるのは気乗りがしない」

「どういう意味です」

「その水亭とかに泊まるという話は誰から聞いた」

団伸二郎が口ごもる。

「海江田信義だろう?」

うなずいた。

薩摩藩・海江田信義は新政府の要職から関西の閑職に左遷されていた。

「私怨(しえん)の使い走りはごめんだ」

「海江田は関係ない」

同じく脱藩志士の神代(こうじろ)直人がひざを前に出した。

「金輪さん。徳川幕府を倒し、列藩同盟軍を倒したのは何のためか。攘夷のためだったはずだ。なのに大村益次郎はそれをせず、こともあろうに異人を招いて軍事訓練をおこない、なにもかもを西洋式にすると公言してはばからない。異国から日本を守るための軍隊の最高司令官が異人にすり寄っているのだ。この一事をもって誅するのです。他に何の理由もないし、その必要もない。そうではないですか。金輪さん」

金輪五郎は手酌で酒を飲んだ。

「皆と江戸に凱旋した時、……あぁ、今は東京と言うんだったな。奥羽鎮撫使だけでなく、北陸鎮撫使も、西国鎮撫使も皆、東京に凱旋した。日本中の兵士が東京に集まったわけだ。侍などは少数で、多くは百姓だったり、マタギ猟師だった。俺は『この兵士たちで、ただちに攘夷に打って出るべし』と沢為量や大山格之助に言った。ふたりは新政府に建白すると請負ってくれたし、実際、やってくれた。しかし新政府は動かなかった。それどころか兵士を訓練することなく、年玉程度の金一封を配って故郷に帰した。新政府は攘夷をする気はないのさ。大村益次郎ひとりを誅しても変わらない」

「だから何もせずに眺めていろと言うのですか」

神代直人がいらだってにらみつけるのを気にもとめない。

「奥羽鎮撫使が列藩同盟軍に勝てたのは刀や槍によるものではない。兵士の勇猛さでもなければ、大義の正しさによるものでもない。ひとえに銃と大砲とそれらに使う弾薬の量が列藩同盟軍よりも多かったからさ。戦場にいた君たちならわかるはずだ。それらの武器は皆、外国製だ。横浜の外国商人から買い付け、外国製の蒸気船で前線に運んだ。それを主導したのが大村益次郎だ。官軍勝利の一番の功労者と評されている」

「まぁまぁ」と、五十嵐伊織が徳利を手に取ってついでやる。越後居之隊（農兵軍）に属し、奥羽鎮撫使として戦場を駆けまわり、金輪五郎と出会った。金輪五郎に長州勢をひき合わせたのが五十嵐伊織だった。

「金輪さん。アンタも知っての通り、奴は弾の飛んでこない江戸城にいて軍令を出していただけさ。一番の功労者であるはずがない。一番の功労者は銃で撃たれ、刀で斬られ、槍で突かれてもなお立ちあがって戦った最前線の兵士にほかならない。アンタのマタギ隊も立派に戦った。それなのに新政府は厄介者を追い払うようにして自国に帰した。大村益次郎はそれを認めたというじゃないか。アンタはそれを聞いて怒っていた。誰よりも殺したいと思っているのはアンタに違いない。俺は知っている。殺しに出ようとしたのを止めたのはこの俺だからな」

「そんなことがあったのですね」

長州勢の顔に明るさが戻り、酒の追加を注文するために神代直人が廊下に出ると賑やかな酔客の騒音が旅館中にあふれていた。

浮蓮亭の二階座敷はどの部屋にも客がいた。客の多くは全国から集まった志士たちだ。志士を自称してはいるが、志は二の次の単なる喰いっぱぐれも多い。乱に乗じての一攫千金、それが無理でも何かの職にありつきたい、そんな面々である。

「世間は開国和親よりも攘夷決行を求めている」

京都ではそれが肌で感じられた。東京遷都により取り残された公家の中にも攘夷賛成派が依然として多い。その公家たちが志士を傭兵（ようへい）にした。傭兵までゆかなくても住居と小遣いを与え、何かの時に役立てようと手懐けていた。

沢為量もそういう公家の一人だった。秋田戦争に勝利し、東京に凱旋した沢為量は副総督の任を解かれた。実際の戦闘は薩摩・長州の参謀が取り仕切ったが、大きな決断を迫られた時、承認を与えたのは沢為量だった。飾り物ではあったが、兵士らとともに奥羽の山野を駆けまわったのだ。疲れ果てた沢為量は京都に戻った。

その沢為量の屋敷に金輪五郎が居ついたのだった。

「戊辰戦争は終わったが日本人の興奮状態は終わっていない」

沢為量はそのように思っている。金輪五郎ら攘夷を叫ぶ志士を住まわせたりするのも、新政府に厄介払いされた元兵士へのあわれみだけではない。

「興奮状態を冷まさせる」

それが狙いだった。

しかし志士達は京都に集結し、議論することでますます興奮状態に陥った。

士族もまた興奮状態にあった。新政府の中心的存在となった西郷隆盛は戊辰戦争終結直後に『まだ戦争が足りない』と話した。それを周囲は『西郷の戦争好き』と評したが、真意はそうではない。

鳥羽・伏見から始まった討幕戦争は徳川慶喜の降伏、江戸無血開城であっけなくその目的を達成してしまった。彰義隊との戦闘や、北陸、奥羽での熾烈な戦いはあった。農家や商家など非戦闘員の家屋が焼かれたし、会津藩白虎隊（びゃっこたい）のような悲惨なことも多く起きた。

それでも西郷隆盛はペリー来航から幕末までに溜まりに溜まったエネルギーの放出が十分ではなかったと見ていた。興奮状態にある日本人が抱える膨大なエネルギーを朝鮮半島への侵略戦争で放出しようと考えた。しかしそれ（征韓論）は容れられず、新政府を去る。やがて特権を失った士族に担ぎ上げられて西南戦争に突き進むのだが、それはこれより八年後のことである。


「合わせる顔がない」

浮蓮亭を出た金輪五郎は隣を歩く関島金一郎にこぼした。関島金一郎は元・赤報隊員で金輪五郎が仲間に引き入れた唯一の男だ。

「あの世で相楽総三に顔向けができない」

そう言ってから足を止めた。

「おい関島、いま声が聞こえなかったか？」

「誰の声だ？」

「相楽総三のさ」

「はぁ？」

「五郎！　何をしている。そんなことで日本を異国から守れるか！　ゆっくりしている暇はないぞ。走れ！　五郎！　走れ！……俺の頭の中で相楽総三がわめくんだ。寝ても覚めても。その声は日に日に大きくなる。俺の頭の中で鳴る声が周囲に聞こえているのではないかと思うくらいだ」

「そうだったのか。その声はいつから聞こえるようになったのだ？」

「東京に凱旋する旅の途中からだ」

ふたりはふたたび歩き始めた。

「思えば相楽総三などは幸せ者さ。志のために命を使いきったのだからな」

金輪五郎の独り言を関島金一郎は黙って聴いている。

九月に入ったばかりなのに、京の夜風にはもう秋の冷たさが混じっていた。

さかのぼって八月下旬、大村益次郎が東京を離れ、関西に現れたのは視察が目的だった。大阪に兵部省兵学寮の建設を決定した。そこにフランス人教官を招いてフランス式の軍人教育を行うのだ。同じく大阪に火砲主体の武器を製造する工場・造兵廠（ぞうへいしょう）を、京都宇治に火薬製造所の建設を矢継ぎ早に決定した。

「奥羽は一〇年や二〇年、頭をもたげることはない。注意すべきは西である」

大村益次郎は将来の佐賀の乱、萩の乱、西南戦争を予期していたように、西国の動乱に即応できる関西に軍事施設の建設を決めた。その予定地の視察が今回の目的だった。

新政府で要職を務める木戸孝允は関西行きに反対した。

京都・関西にはいまだに攘夷を叫び、開国和親派の命を狙う者が多いとの噂が頻々（ひんぴん）と入っている。薩摩の海江田信義が私怨を晴らそうと裏で動いているとの手紙まで受け取っていた。木戸孝允は関西視察を思いとどまるように何度も忠告した。

その忠告に感謝しながらも出立した。日本国軍創設に欠かせない視察を先送りにするわけにいかない。それに東京での新政府・大久保利通（おおくぼとしみち）との論争に嫌気がさしていた。

大久保利通は列藩同盟軍の強さを士族の強さと捉えた。士族を日本国軍に取りこまなければ、やがて全国で蜂起し内戦になる。また国民皆兵で農民に武器の使い方を教えれば一揆を起こす要因となる。士族による世襲制の職業軍人化が最も良い方法であると主張した。

「薩摩の者は何もわかっておらぬ」

京都木屋町の料理屋旅館・水亭の二階座敷で大好物の湯豆腐を突きながら酒を飲んでいる。

水亭は小さな旅館で二階座敷は一間しかなかった。

明治二年九月四日、この日、大村益次郎と湯豆腐鍋を囲んでいたのは静間彦太郎と安達幸之助だった。

長州藩の大司令（長州軍司令官）静間彦太郎・三四歳。木戸孝允から大村益次郎の護衛を依頼された。長州藩の英雄から依頼され、もう一人の英雄を護衛する。静間彦太郎はその任務を快諾した。

安達幸之助・四五歳。鳩居堂の門人だ。大村益次郎と同年齢で背格好も良く似ている。くわえて顔も似ていた。大村益次郎はこの自分に良く似た金沢藩士をかわいがった。前年、京都で偶然発見し、言い含めて兵学寮英学教授にしてしまった。この時も一年ぶりに再会し、無理を言って大阪から京都まで随行させたのだった。

水亭の一階では静間彦太郎の付き人・吉富音之助と水亭の若党・善次郎が遅い夕食を取っていた。

「士農工商の身分制度を残したままで国際国家になれるものか。士族で国軍をつくるなど断じてならぬ。軍人に出自は関係ない。そもそも人間には出自など関係ないのだ。その人に才があり、その才を活かしたいと欲するならば志を遂げる機会が得られる。それが国際国家なのだ」

大村益次郎の声が階下のふたりにも聞こえる。

「二階は威勢がええのう。善次郎、ちょっくら用を足しに行ってくる」

吉富音之助は一階奥の厠（かわや）に向かった。

残された善次郎の耳に戸を叩く音が聞こえた。

「どちらさんで」

暗がりに武士が立っていた。

「大村先生に御面談いただきたく参った。お取次ぎ願いたい」

言葉の抑揚に聞きなれた長州訛（なまり）があった。善次郎は知りあいだろうと思ったが、吉富音之助から言われた通り「名刺をお預かりして二階に伺ってまいりますのでここでお待ちください」と答えた。

武士は荻原俊蔵と書かれた名刺を手渡した。

ほどなくして善次郎が戸口に戻ってきた。手に先ほど渡した名刺を持っている。

「あいにく大村様には先客がございまして御面談はかないません。ご足労をおかけしますが明後日の同時刻にお越しいただきたいとのことでございます」

暗がりの中で萩原俊蔵は首を横にふる。

「そこをなんとかお願いしたい。一目お顔を拝見し、一言お言葉を頂戴したいだけなのだ。時間はかからぬ。さぁ、もう一度だけ。この通りじゃ」

萩原俊蔵が顔の前で手を合わせた。

「へぃ」善次郎はふたたび階段を昇り始めた。そのうしろに萩原俊蔵を名乗った団伸二郎が音もなく立ち、金輪五郎が続いた。

「うぎゃっ」階段を昇りきったところで善次郎はうつ伏せに倒れた。斬りつけた団伸二郎が死体を越えてゆく。

「どうした?」座敷の中からの声と同時に障子戸をあける。

「国賊・大村益次郎。お命頂戴する」

団伸二郎が刀をふりおろす。刀は欄間に刃先を喰いこませて止まった。

大村益次郎は座敷を照らしていた一本の蝋燭(ろうそく)を湯豆腐鍋に投げ入れた。暗闇の中で団伸二郎は刀をふりまわす。

金輪五郎は腰を落とし、団伸二郎がふりまわす刀の下を潜って前に出た。そして腰を落としたまま左から右に、居合抜きで真横に刀をなぎ払った。

「うっ」の声とともに刀にずっしりと手応えがあった。

叫び声を聞いて二階に駆け上がろうとする吉富音之助を、戸口から入ってきた三人が斬り殺した。伊藤源助、太田光太郎、宮和田進の三人だった。

「外に飛び降りたぞ。裏へ回れ」

団伸二郎が一階の三人に叫んだ。三人は戸口を出て水亭の裏にまわる。

水亭の裏は鴨川の河原。そこにはあらかじめ神代直人、五十嵐伊織、関島金一郎の三人を置いていた。

「大村益次郎はここだ」

絶叫して、男が二階から飛びおりた。

飛びおりた大村益次郎は刺客六人を相手に奮戦するが、体中を串刺しにされて絶命した。

「大村先生！」

静間彦太郎が飛びおりざまにふりまわした刀が宮和田進を斬りつけた。暗闇の中で首から血を吹きあげて宮和田進が死んだ。三河出身の平田篤胤系門人だった。

「次に死にたい奴は誰だ」

残りの刺客五人に刃先を向ける。その直後、二階から飛びおりた金輪五郎が後頭部を一撃し、静間彦太郎が前のめりに倒れた。その背中に乗った金輪五郎が心臓をめがけてとどめを刺した。

団仲二郎が駆けつけ三つの死体を仰向けにして、神代直人が顔を提灯で照らす。

「間違いないか」

団仲二郎の問いに長州脱藩志士・太田光太郎が力強くうなずいた。

「こいつが大村益次郎だ。間違いない」

八人の刺客の中で大村益次郎の顔を知っているのは太田光太郎だけだった。塾で学んだことがあったのだ。顔を知っているから仲間に引きこまれたと言っていい。

大村益次郎の死体の隣に宮和田進の死体が転がっている。

「掟(おきて)だからな。許せ」

神代直人が宮和田進の胸にまたがり、短刀を抜いてあごの下に突き刺した。七人の男たちが胸の前で手を合わせる。少しして神代直人が立ち上がると、宮和田進は顔の皮肉をはがされた死体に変わっていた。

七人の刺客が暗闇に散った。

しばらくして見回りにきた長州藩士が水亭の異変に気付いた。

あけ放たれたままの戸口から入ってみると吉富音之助が死んでいた。

知らせを聞いて応援が駆けつけた。

「大村さんがいない」

一階に倒れていたのは吉富音之助。階段を昇りきったところに水亭若党・善次郎。裏口に静間彦太郎と安達幸之助。その横に顔の皮肉をはがされた死体。背格好や着ている物からして、顔のない死体が大村益次郎でないことは確かだ。

「連れ去られたか」

提灯で照らして水亭内外の捜索が始まった。

「私はここです」

一階の風呂場から声がして駆け寄った。

風呂桶の蓋をあけて中を照らすと、そこに大村益次郎がひざを抱えて座っていた。胸の辺りまで残り湯に浸かっている。

「栄螺(サザエ)のまねをしていました」

珍しく軽口を叩いてから気を失った。すぐに担架で長州藩邸に担ぎこみ、応急処置を施した。

額や肩に斬られた跡があるが傷は浅かった。しかし足の傷は深い。右ひざの下が口をあけて白い骨が見えていた。長州藩邸では手に負えないばかりでなく、京都には名のある外科医がいない。大村益次郎は大阪府病院に運ばれることになった。そこにはオランダ人軍医ボードインがいる。

刺客の探索は困難を極めた。何しろ現場にいた者がすべて殺されたのだ。目撃証言が得られるのは大村益次郎ただひとりだ。

「暗くてわからなかった」

長州藩邸で意識を取り戻した大村益次郎は暗くて刺客の顔がわからなかったと答えた。探索方は水亭周辺の聞き込みをしたが目撃者は現れなかった。

刺客の探索は暗礁に乗りあげるかに見えた。しかし事態は急転する。

事件の晩、四挺(ちょう)の駕籠が京都府内を北に向かって走るのが目撃されていた。夜中の早駕籠を不審に思った探索方が京都中の駕籠屋を調べると、ある駕籠屋で敦賀(つるが)まで四人の侍を乗せたとの証言が得られた。

探索方はすぐに越前敦賀に飛んだ。敦賀中の宿屋を調べると、事件当日深夜に四人の侍が宿泊したことがわかった。しかもその四人はその晩からその宿に滞在し続けていると言う。悪天候で敦賀湊から船が出ないため宿に足止めを喰らっているというのだ。

九月二〇日、大阪府病院に運びこまれた大村益次郎を診察したボードインは表情を曇らせた。右足が敗血症に侵されていた。あの晩、風呂の残り湯に浸かっていた時、黴菌（ばいきん）がひざの傷口に入ったのだ。

ボードインとともに治療にあたったのが蘭医・緒方惟準（おがたこれよし）。緒方洪庵の次男である。その緒方惟準が人を介してふたりの女性を呼び寄せた。楠本イネと娘・高子だった。この時、楠本イネは四二歳、高子は一七歳。大村益次郎とは一五年ぶりの再会だった。

「先生、しっかりしてください」

大村益次郎のベッドに楠本イネが駆け寄った。

「おいねさんこそしっかりしてください。ここは産婦人科ではありませんよ」

楠本イネは産婦人科医になっていた。そのことを大村益次郎は楠本イネからの手紙で知っていたし、昔の蘭医仲間や、適塾仲間を通じて確認もしていた。楠本イネが腕のいい産婦人科医と評されていると知って自分のことのように喜んだ。

隣に高子が立った。

「高子です。肩車してもらった高子です」

「おぉ。嬢ちゃん。どれ、また肩車をしてあげよう」

おどけて起きあがろうとするがそれができない。全身の力を失いかけている。蘭医だった大村益次郎には自分の容体がどれほどのものかよくわかっていた。

「右足を切断してくれとボードインに頼んだよ。……彼はひき受けてくれた」

しかしその切断手術が先延ばしになっていた。朝臣となった大村益次郎の片足を切断するとなると天皇の勅許（ちょっきょ）が必要なのだ。天皇は東京にいる。大阪との往復に一〇日はかかる。それを待っているのだとあきれたように大きな声で笑った。


さかのぼって九月七日、敦賀で探索方は宿を取り囲んだ。逃げだす者があれば誰であろうと斬れと命じられている。探索方が踏み込み、京都で起きた暗殺事件の取り調べであると告げた。

「帰国のための船出待ち。怪しい者ではござらぬ」

四人は事件に無関係であるとして取り調べを拒んだが、探索方に問われて名を名乗った。

「秋田藩家老渋江厚光家臣　金輪五郎」

「お持ちの刀を検分させていただく」

有無も言わせず刀を奪い鞘から抜いた。

すべてに刃こぼれがあった。

「この新しい刃こぼれは何だ。言い分はゆっくり聞いてやる。ひっとらえろ」

こうして四人は捕縛された。金輪五郎、団伸二郎、太田光太郎、五十嵐伊織の四人だ。

翌日から京都の代官所で取り調べが始まった。証言から襲撃犯が八人だったことが判明。探索方は逃亡中の三人を追った。

やがて白河脱藩志士・伊藤源助が京都府内で捕縛され、関島金一郎が故郷・信州で捕縛される。神代直人は探索方が迫っていることを知り、故郷・長州で自殺した。

明治二年（一八六九）一一月二二日、捕縛された六人に斬首刑の判決がくだった。


大村益次郎は楠本イネに語った。

「安達幸之助君には申し訳ないことをした。彼は私を助けるために身代わりとなって敵陣の中に飛びおりたのだ。私に背格好や顔が似ているために賊は私と間違えた。ご遺族に見舞金を届けてもらいたい。兵部省の人間に届けさせるのがよかろう。そのように書きとめてください」

「承知いたしました」

　楠本イネは大村益次郎に代わって兵部省宛ての手紙を書いた。

　もはや筆を持つこともできないのだ。

「静間彦太郎君も同様です。若くして大司令になった静間君の将来を奪ってしまった。ご遺族へのお見舞い、くれぐれもよろしく頼みます」

「承知しました。……先生、もう今日はお休みになってはいかがでしょうか」

「いや。明日、右足の切断手術をすれば、高熱を発して意識朦朧となり、そのまま死んでしまうこともあり得る。すみませんがもう少し、つきあってください」

　うなずくしかない。

「切断された右足は緒方洪庵先生のお墓近くに埋めてもらいたい。命が助かれば私が時折線香をあげに行きます。このこと緒方惟準先生にご承諾いただきたい」

　楠本イネは書き取った。

「最後に私の亡骸であるが」

「やめてください」

　楠本イネは大村益次郎の手を取って、顔を横にふった。

「やめてください。先生。死んではいけません。私をおいて逝かないでください。戦争が終われば先生と暮らせる日が来るのではないかとそれだけを楽しみに生きてきたのです。一緒に暮らせなくともそばにいて時々お顔が見られたら、それだけでいいと思っていたのです。イネにもっと教えてください。医学のこと、世の中のこと。……大村先生」

大村益次郎が握られた手に力をこめる。

「顔を見せてください。おいねさんは変わらないなぁ。おいねさんがここにきてくれてから私は子供のように甘えてばかりです。だが、死んだあとまで甘えるわけにはいきません。私の亡骸は兵部省の者どもで火葬して、骨は故郷の長州鋳銭司村まで届けてもらいたい。村まで行けば家族が骨を受け取り、先祖代々の墓に埋めるでしょう。そのように書き残してください」

翌日、明治二年（一八六九）一〇月二七日、ボードイン、緒方惟準、楠本イネ、楠本高子によって大村益次郎の右足切断手術がおこなわれた。

しかし敗血症はすでに全身を覆い尽くしていた。

術後、高熱が続き意識が戻らない。

同年一一月五日、大村益次郎　死去。享年四六。

右足と骨は、遺言通りの場所に埋められた。


斬首刑と決まった六人だったが、いっこうに刑が執行されない。

「彼らの気持ちもわかる」

世の中に大村益次郎暗殺実行犯への同情があった。

「大村は独善的で西洋化を急ぎすぎた。世間には彼らの助命嘆願の声すらある。刑の執行を急ぐべきではない」

京都の弾正台（だんじょうだい）（司法省）大忠（だいちゅう）（実務最高責任者）の海江田信義が口をはさんだ。彰義隊討伐で恥をかかされた。援軍依頼も断られ、破れかぶれの敵陣突入で勝利すると、そら見たことかと笑われた。あの時の恨みを晴らすべく海江田信義が動いていた。

実行犯の斬首刑を停止された長州藩の薩摩藩への怒りは肥大する。

日本国軍創設の思想的対立も絡み、新政府内の薩長の確執が刑の執行を遅らせたと言える。

真冬の朝、道場の雑巾がけをしていた。吐く息は白く、頭から湯気が立ち昇った。背中でゆき様がきゃっきゃとはしゃいでいる。夢中で走って壁に突き当たると、また反対に懸命に駆けた。

『五郎の背中が一番大きい。五郎の馬が一番好き。走れ五郎。走れ!』

明治二年一二月二九日。

京都・粟田口刑場において六人の刑が執行された。

金輪五郎　享年二八。

辞世の句が残っている。

わが罪を

そしらばそしれ益荒男(ますらお)の

やまと心を知る人ぞ知る

（完）

あとがき

きっと愛されて育ったのだ……ずいぶんと歳をとってからそう思うようになりました。御多分に漏れず若い頃は身勝手なもので、親の干渉は迷惑なだけと優しい言葉のひとつもかけませんでした。

初めての子供が帝王切開で生まれた時、病院の公衆電話で受話器の向こうから「おめでとう」と言われ、無言でいると「何か言いなさいよ」と叱られました。「よかった」と涙声を絞り出すと、かあさんも「よかった。晃紀。心配だったね。でも、よかったね。よかったね」と泣いてくれました。

本を読むのが好きな人でした。とうさんが死んだ後もベッドで読書をして、ひとり暮らしの長い夜を過ごしました。私が譲った司馬遼太郎や山本周五郎を「男の書く本も面白い」と読みました。所々に鉛筆で線を引いたり、折り込みチラシの白い面に気に入ったセリフを転記したりする人でした。

「かあさん。これ、俺が書いた小説。読んでみてよ」

「へぇー。これ、晃紀が書いたのぉ?」と受け取った数日後に電話が架かってくる。

「読んだよ。面白かった。やっぱり晃紀は私の自慢の子だね」

そんな日を思い描いて小説を書き続けました。

でも現実は、自分が小説を書いていることも、その小説をかあさんに読んでもらいたいと思っていたことも告げず仕舞いになってしまいました。

「かあさん。これ、晃紀が書いた小説だよ。やっと完成したよ。読んでみてよ」

空の上で、本には厳しいかあさんは果たしてほめてくれるだろうか。


覚林が自由を奪われても、命を奪われても、それでも象潟九十九島を守ろうとしたのはなぜか。私にはその答えを見つけられませんでした。果たして覚林自身はその答えを持っていたのだろうか。ただ何かに突き動かされるように、そうせざるを得ないような、そんな衝動だったのかもしれない。それはきっと金輪五郎も。夢中で走った先の、ぶつかった壁の向こうに何があるかなど、そんなことはどうでもいいことで、突き動かされて幕末を駆け抜けたに違いない……そう思うのです。くらべものになりませんが、書かずにいられなくて書きました。よろしければ「吹雪の彼方」「天鷺に舞う」もご一読ください。ありがとうございました。

二〇二五年　小笠原晃紀

天造の地

◆主な取材先

蛸満寺　覚林和尚墓石／秋田県にかほ市
象潟郷土資料館　絹本着色象潟図屏風／秋田県にかほ市
本荘城址・修身館／秋田県由利本荘市
永泉寺　山門・お霊屋／秋田県由利本荘市

◆参考文献

象潟地震による景観崩壊そして開発と保存の相克／
長谷川成一・林信太郎共著　弘前大学学術情報リポジトリ
象潟を護った蚶満寺二十四世住職　覚林和尚・没後二百年記念誌／覚林和尚を顕彰する会

草莽

◆主な取材先

専念寺　金輪五郎墓石／秋田県北秋田市

善導寺／秋田県北秋田市

全良寺　官修墓地／秋田県秋田市

◆参考文献

金輪五郎　草莽・その生と死　上・下／吉田昭治著　秋田文化出版社

草碣（くさのいしぶみ）上／吉田昭治著　岩苔庵

秋田の戊辰戦争夜話／吉田昭治著　岩苔庵

大村益次郎伝／木村紀八郎著　鳥影社

著者略歴

小笠原晃紀（おがさわらこうき）

一九六四（昭和三九）年　秋田県由利本荘市生。　秋田市住。

著書「天造の地」「吹雪の彼方」など。

天造の地

二〇二五年一月二三日　初版発行

著　者　小笠原晃紀

発　行　秋田文化出版株式会社
〒〇一〇―〇九四二
秋田市川尻大川町二―八
TEL（〇一八）八六四―三三二二(代)
FAX（〇一八）八六四―三三二三

＊

ISBN978-4-87022-624-1
地方・小出版流通センター扱